Julio Cortázar:
Los relatos
2. Juegos

El Libro de Bolsillo
Alianza Editorial
Madrid

®

© Julio Cortázar, 1976
© Alianza Editorial, S. A., Madrid, 1976
Calle Milán, 38; ☎ 200 0045
ISBN: 84-206-1986-8 (Obra completa)
ISBN: 84-206-1624-9 (Vol. 2)
Depósito legal: M. 12.822-1976
Papel fabricado por Torras Hostench, S. A.
Impreso en Ediciones Castilla, Maestro Alonso, 21. Madrid
Printed in Spain

Había empezado a leer la novela unos días antes. La abandonó por negocios urgentes, volvió a abrirla cuando regresaba en tren a la finca; se dejaba interesar lentamente por la trama, por el dibujo de los personajes. Esa tarde, después de escribir una carta a su apoderado y discutir con el mayordomo una cuestión de aparcerías, volvió al libro en la tranquilidad del estudio que miraba hacia el parque de los robles. Arrellanado en su sillón favorito, de espaldas a la puerta que lo hubiera molestado como una irritante posibilidad de intrusiones, dejó que su mano izquierda acariciara una y otra vez el terciopelo verde y se puso a leer los últimos capítulos. Su memoria retenía sin esfuerzo los nombres y las imágenes de los protagonistas; la ilusión novelesca lo ganó casi en seguida. Gozaba del placer casi perverso de irse desgajando línea a línea de lo que lo rodeaba, y sentir a la vez que su cabeza descansaba cómodamente en el terciopelo del alto respaldo, que los cigarrillos seguían al alcance de la mano, que más allá de los ventanales danzaba el aire del atardecer bajo los robles. Palabra a palabra, absorbido por la sórdida disyuntiva de los héroes, dejándose ir hacia las imágenes que se concertaban y adquirían color y movimiento, fue testigo del último encuentro en la cabaña del monte. Primero entraba la mujer, recelosa; ahora llegaba el amante, lastimada la cara por el chicotazo de una rama. Admirablemente restañaba ella la sangre con sus besos, pero él rechazaba las caricias, no había venido para repetir las ceremonias de una pasión secreta, protegida por un mundo de hojas secas y senderos furtivos. El puñal se entibiaba contra su pecho, y debajo latía la libertad agazapada. Un diálogo anhelante corría por las páginas como un arroyo de serpientes, y se sentía que todo estaba decidido desde siempre. Hasta esas caricias que enredaban el cuerpo del amante como queriendo retenerlo y disuadirlo, dibujaban abominablemente la figura de otro cuerpo que era necesario destruir. Nada había sido olvidado: coartadas, azares, posibles errores. A partir de esa hora cada instante tenía su empleo minuciosamente atribuido. El doble repaso despiadado se interrumpía apenas para que una mano acariciara una mejilla. Empezaba a anochecer.

Sin mirarse ya, atados rígidamente a la tarea que los esperaba, se separaron en la puerta de la cabaña. Ella debía seguir por la senda que iba al norte. Desde la senda opuesta él se volvió un instante para verla correr con el pelo suelto. Corrió a su vez, parapetándose en los árboles y los setos, hasta distinguir en la bruma malva del crepúsculo la alameda que llevaba a la casa. Los perros no debían ladrar, y no ladraron. El mayordomo no estaría a esa hora, y no estaba. Subió los tres peldaños del porche y entró. Desde la sangre galopando en sus oídos le llegaban las palabras de la mujer: primero una sala azul, después una galería, una escalera alfombrada. En lo alto, dos puertas. Nadie en la primera habitación, nadie en la segunda. La puerta del salón, y entonces el puñal en la mano, la luz de los ventanales, el alto respaldo de un sillón de terciopelo verde, la cabeza del hombre en el sillón leyendo una novela.

A Petrone le gustó el hotel Cervantes por razones que hubieran desagradado a otros. Era un hotel sombrío, tranquilo, casi desierto. Un conocido del momento se lo recomendó cuando cruzaba el río en el vapor de la carrera, diciéndole que estaba en la zona céntrica de Montevideo. Petrone aceptó una habitación con baño en el segundo piso, que daba directamente a la sala de recepción. Por el tablero de llaves en la portería supo que había poca gente en el hotel; las llaves estaban unidas a unos pesados discos de bronce con el número de la habitación, inocente recurso de la gerencia para impedir que los clientes se las echaran al bolsillo.

El ascensor dejaba frente a la recepción, donde había un mostrador con los diarios del día y el tablero telefónico. Le bastaba caminar unos metros para llegar a la habitación. El agua salía hirviendo, y eso compensaba la falta de sol y de aire. En la habitación había una pequeña ventana que daba a la azotea del cine contiguo; a veces una paloma se paseaba por ahí. El cuarto de baño tenía una ventana más grande, que se abría tristemente a un muro y a un

9

lejano pedazo de cielo, casi inútil. Los muebles eran buenos, había cajones y estantes de sobra. Y muchas perchas, cosa rara.

El gerente resultó ser un hombre alto y flaco, completamente calvo. Usaba anteojos con armazón de oro y hablaba con la voz fuerte y sonora de los uruguayos. Le dijo a Petrone que el segundo piso era muy tranquilo, y que en la única habitación contigua a la suya vivía una señora sola, empleada en alguna parte, que volvía al hotel a la caída de la noche. Petrone la encontró al día siguiente en el ascensor. Se dio cuenta de que era ella por el número de la llave que tenía en la palma de la mano, como si ofreciera una enorme moneda de oro. El portero tomó la llave y la de Petrone para colgarlas en el tablero, y se quedó hablando con la mujer sobre unas cartas. Petrone tuvo tiempo de ver que era todavía joven, insignificante, y que se vestía mal como todas las orientales.

El contrato con los fabricantes de mosaicos llevaría más o menos una semana. Por la tarde Petrone acomodó la ropa en el armario, ordenó sus papeles en la mesa, y después de bañarse salió a recorrer el centro mientras se hacía hora de ir al escritorio de los socios. El día se pasó en conversaciones, cortadas por un copetín en Pocitos y una cena en casa del socio principal. Cuando lo dejaron en el hotel era más de la una. Cansado, se acostó y se durmió en seguida. Al despertarse eran casi las nueve, y en esos primeros minutos en que todavía quedan las sobras de la noche y del sueño, pensó que en algún momento lo había fastidiado el llanto de una criatura.

Antes de salir charló con el empleado que atendía la recepción y que hablaba con acento alemán. Mientras se informaba sobre líneas de ómnibus y nombres de calles, miraba distraído la gran sala en cuyo extremo estaban las puertas de su habitación y la de la señora sola. Entre las dos puertas había un pedestal con una nefasta réplica de la Venus de Milo. Otra puerta, en la pared lateral, daba a una salita con los infaltables sillones y revistas. Cuando el empleado y Petrone callaban, el silencio del hotel parecía coagularse, caer como ceniza sobre los muebles y las baldosas. El ascensor resultaba casi estre-

pitoso, y lo mismo el ruido de las hojas de un diario o el
raspar de un fósforo.

Las conferencias terminaron al caer la noche y Petrone
dio una vuelta por 18 de Julio antes de entrar a cenar
en uno de los bodegones de la Plaza Independencia.
Todo iba bien, y quizá pudiera volverse a Buenos Aires
antes de lo que pensaba. Compró un diario argentino,
un atado de cigarrillos negros, y caminó despacio hasta
el hotel. En el cine de al lado daban dos películas que ya
había visto, y en realidad no tenía ganas de ir a ninguna
parte. El gerente lo saludó al pasar y le preguntó si necesitaba más ropa de cama. Charlaron un momento, fumando un pitillo, y se despidieron.

Antes de acostarse Petrone puso en orden los papeles
que había usado durante el día, y leyó el diario sin mucho
interés. El silencio del hotel era casi excesivo, y el ruido
de uno que otro tranvía que bajaba por la calle Soriano
no hacía más que pausarlo, fortalecerlo para un nuevo
intervalo. Sin inquietud pero con alguna impaciencia,
tiró el diario al canasto y se desvistió mientras se miraba
distraído en el espejo del armario. Era un armario ya
viejo, y lo habían adosado a una puerta que daba a la
habitación contigua. A Petrone le sorprendió descubrir
la puerta que se le había escapado en su primera inspec-
ción del cuarto. Al principio había supuesto que el edificio estaba destinado a hotel, pero ahora se daba cuenta
de que pasaba lo que en tantos hoteles modestos, insta-
lados en antiguas casas de escritorios o de familia. Pensándolo bien, en casi todos los hoteles que había conocido
en su vida —y eran muchos— las habitaciones tenían
alguna puerta condenada, a veces a la vista pero casi
siempre con un ropero, una mesa o un perchero delante,
que como en este caso les daba una cierta ambigüedad,
un avergonzado deseo de disimular su existencia como
una mujer que cree taparse poniéndose las manos en el
vientre o los senos. La puerta estaba ahí, de todos modos,
sobresaliendo del nivel del armario. Alguna vez la gente
había entrado y salido por ella, golpeándola, entornándola,
dándole una vida que todavía estaba presente en su ma-
dera tan distinta de las paredes. Petrone imaginó que del

otro lado habría también un ropero y que la señora de la habitación pensaría lo mismo de la puerta.

No estaba cansado pero se durmió con gusto. Llevaría tres o cuatro horas cuando lo despertó una sensación de incomodidad, como si algo ya hubiera ocurrido, algo molesto e irritante. Encendió el velador, vio que eran las dos y media, y apagó otra vez. Entonces oyó en la pieza de al lado el llanto de un niño.

En el primer momento no se dio bien cuenta. Su primer movimiento fue de satisfacción; entonces era cierto que la noche antes un chico no lo había dejado descansar. Todo explicado, era más fácil volver a dormirse. Pero después pensó en lo otro y se sentó lentamente en la cama, sin encender la luz, escuchando. No se engañaba, el llanto venía de la pieza de al lado. El sonido se oía a través de la puerta condenada, se localizaba en ese sector de la habitación al que correspondían los pies de la cama. Pero no podía ser que en la pieza de al lado hubiera un niño; el gerente había dicho claramente que la señora vivía sola, que pasaba casi todo el día en su empleo. Por un segundo se le ocurrió a Petrone que tal vez esa noche estuviera cuidando al niño de alguna parienta o amiga. Pensó en la noche anterior. Ahora estaba seguro de que *ya* había oído el llanto, porque no era un llanto fácil de confundir, más bien una serie irregular de gemidos muy débiles, de hipos quejosos seguidos de un lloriqueo momentáneo, todo ello inconsistente, mínimo como si el niño estuviera muy enfermo. Debía ser una criatura de pocos meses aunque no llorara con la estridencia y los repentinos cloqueos y ahogos de un recién nacido. Petrone imaginó a un niño —un varón, no sabía por qué— débil y enfermo, de cara consumida y movimientos apagados. *Eso* se quejaba en la noche, llorando pudoroso, sin llamar demasiado la atención. De no estar allí la puerta condenada el llanto no hubiera vencido las fuertes espaldas de la pared, nadie hubiera sabido que en la pieza de al lado estaba llorando un niño.

Por la mañana Petrone lo pensó un rato mientras tomaba el desayuno y fumaba un cigarrillo. Dormir mal no le convenía para su trabajo del día. Dos veces se había despertado en plena noche, y las dos veces a causa del llanto. La segunda vez fue peor, porque a más del llanto se oía la voz de la mujer que trataba de calmar al niño. La voz era muy baja pero tenía un tono ansioso que le daba una calidad teatral, un susurro que atravesaba la puerta con tanta fuerza como si hablara a gritos. El niño cedía por momentos al arrullo, a las instancias; después volvía a empezar con un leve quejido entrecortado, una inconsolable congoja. Y de nuevo la mujer murmuraba palabras incomprensibles, el encantamiento de la madre para acallar al hijo atormentado por su cuerpo o su alma, por estar vivo o amenazado de muerte.

«Todo es muy bonito, pero el gerente me macaneó», pensaba Petrone al salir de su cuarto. Lo fastidiaba la mentira y no lo disimuló. El gerente se quedó mirándolo.

—¿Un chico? Usted se habrá confundido. No hay chicos pequeños en este piso. Al lado de su pieza vive una señora sola, creo que ya se lo dije.

Petrone vaciló antes de hablar. O el otro mentía estúpidamente, o la acústica del hotel le jugaba una mala pasada. El gerente lo estaba mirando un poco de soslayo, como si a su vez lo irritara la protesta. «A lo mejor me cree tímido y que ando buscando un pretexto para mandarme mudar», pensó. Era difícil, vagamente absurdo insistir frente a una negativa tan rotunda. Se encogió de hombros y pidió el diario.

—Habré soñado —dijo, molesto por tener que decir eso o cualquier otra cosa.

El cabaret era de un aburrimiento mortal y sus dos anfitriones no parecían demasiado entusiastas, de modo que a Petrone le resultó fácil alegar el cansancio del día y hacerse llevar al hotel. Quedaron en firmar los contratos al otro día por la tarde; el negocio estaba prácticamente terminado.

El silencio en la recepción del hotel era tan grande que Petrone se descubrió a sí mismo andando en puntillas. Le habían dejado un diario de la tarde al lado de la cama;

había también una carta de Buenos Aires. Reconoció
la letra de su mujer.

Antes de acostarse estuvo mirando el armario y la
parte sobresaliente de la puerta. Tal vez si pusiera sus
dos valijas sobre el armario, bloqueando la puerta, los
ruidos de la pieza de al lado disminuirían. Como siempre
a esa hora, no se oía nada. El hotel dormía, las cosas y
las gentes dormían. Pero a Petrone, ya malhumorado, se
le ocurrió que era al revés y que todo estaba despierto,
anhelosamente despierto en el centro del silencio. Su
ansiedad inconfesada debía estarse comunicando a la
casa, a las gentes de la casa, prestándoles una calidad de
acecho, de vigilancia agazapada. Montones de pavadas.

Casi no lo tomó en serio cuando el llanto del niño lo
trajo de vuelta a las tres de la mañana. Sentándose en la
cama se preguntó si lo mejor sería llamar al sereno para
tener un testigo de que en esa pieza no se podía dormir.
El niño lloraba tan débilmente que por momentos no se
lo escuchaba, aunque Petrone sentía que el llanto estaba
ahí, continuo, y que no tardaría en crecer otra vez. Pasaban
diez o veinte lentísimos segundos; entonces llegaba un
hipo breve, un quejido apenas perceptible que se prolon-
gaba dulcemente hasta quebrarse en el verdadero llanto.

Encendiendo un cigarrillo, se preguntó si no debería
dar unos golpes discretos en la pared para que la mujer
hiciera callar al chico. Recién cuando los pensó a los dos,
a la mujer y al chico, se dio cuenta de que no creía en ellos,
de que absurdamente no creía que el gerente le hubiera
mentido. Ahora se oía la voz de la mujer, tapando por
completo el llanto del niño con su arrebatado —aunque tan
discreto— consuelo. La mujer estaba arrullando al niño,
consolándolo, y Petrone se la imaginó sentada al pie de
la cama, moviendo la cuna del niño o teniéndolo en brazos.
Pero por más que lo quisiera no conseguía imaginar al
niño, como si la afirmación del hotelero fuese más cierta
que esa realidad que estaba escuchando. Poco a poco, a
medida que pasaba el tiempo y los débiles quejidos se
alternaban o crecían entre los murmullos de consuelo,
Petrone empezó a sospechar que aquello era una farsa, un
juego ridículo y monstruoso que no alcanzaba a explicarse.

Pensó en viejos relatos de mujeres sin hijos, organizando
en secreto un culto de muñecas, una inventada maternidad
a escondidas, mil veces peor que los mimos a perros o
gatos o sobrinos. La mujer estaba imitando el llanto de
su hijo frustrado, consolando el aire entre sus manos
vacías, tal vez con la cara mojada de lágrimas porque el
llanto que fingía era a la vez su verdadero llanto, su grotesco dolor en la soledad de una pieza de hotel, protegida
por la indiferencia y por la madrugada.

Encendiendo el velador, incapaz de volver a dormirse,
Petrone se preguntó qué iba a hacer. Su malhumor era
maligno, se contagiaba de ese ambiente donde de repente
todo se le antojaba trucado, hueco, falso: el silencio, el
llanto, el arrullo, lo único real de esa hora entre noche
y día y que lo engañaba con su mentira insoportable.
Golpear en la pared le pareció demasiado poco. No estaba
completamente despierto aunque le hubiera sido imposible
dormirse; sin saber bien cómo, se encontró moviendo
poco a poco el armario hasta dejar al descubierto la puerta
polvorienta y sucia. En piyama y descalzo, se pegó a ella
como un ciempiés, y acercando la boca a las tablas de pino
empezó a imitar en falsete, imperceptiblemente, un quejido
como el que venía del otro lado. Subió de tono, gimió,
sollozó. Del otro lado se hizo un silencio que habría
de durar toda la noche; pero en el instante que lo precedió,
Petrone pudo oír que la mujer corría por la habitación
con un chicotear de pantuflas, lanzando un grito seco e
instantáneo, un comienzo de alarido que se cortó de golpe
como una cuerda tensa.

Cuando pasó por el mostrador de la gerencia eran más
de las diez. Entre sueños, después de las ocho, había oído
la voz del empleado y la de una mujer. Alguien había
andado en la pieza de al lado moviendo cosas. Vio un
baúl y dos grandes valijas cerca del ascensor. El gerente
tenía un aire que a Petrone se le antojó de desconcierto.

—¿Durmió bien anoche? —le preguntó con el tono
profesional que apenas disimulaba la indiferencia.

Petrone se encogió de hombros. No quería insistir,

cuando apenas le quedaba por pasar otra noche en el
hotel.

—De todas maneras ahora va a estar más tranquilo
—dijo el gerente, mirando las valijas—. La señora se
nos va a mediodía.

Esperaba un comentario, y Petrone lo ayudó con los
ojos.

—Llevaba aquí mucho tiempo, y se va así de golpe.
Nunca se sabe con las mujeres.

—No —dijo Petrone—. Nunca se sabe.

En la calle se sintió mareado, con un mareo que no
era físico. Tragando un café amargo empezó a darle
vueltas al asunto, olvidándose del negocio, indiferente
al espléndido sol. El tenía la culpa de que esa mujer se
fuera del hotel, enloquecida de miedo, de vergüenza
o de rabia. *Llevaba aquí mucho tiempo...* Era una enferma,
tal vez, pero inofensiva. No era ella sino él quien hubiera
debido irse del Cervantes. Tenía el deber de hablarle, de
excusarse y pedirle que se quedara, jurándole discreción.
Dio unos pasos de vuelta y a mitad del camino se paró.
Tenía miedo de hacer un papelón, de que la mujer reac-
cionara de alguna manera insospechada. Ya era hora de
encontrarse con los dos socios y no quería tenerlos esperando. Bueno, que se embromara. No era más que una
histérica, ya encontraría otro hotel donde cuidar a su
hijo imaginario.

Pero a la noche volvió a sentirse mal, y el silencio de
la habitación le pareció todavía más espeso. Al entrar al
hotel no había podido dejar de ver el tablero de las llaves,
donde faltaba ya la de la pieza de al lado. Cambió unas
palabras con el empleado, que esperaba bostezando la
hora de irse, y entró en su pieza con poca esperanza de
poder dormir. Tenía los diarios de la tarde y una novela
policial. Se entretuvo arreglando sus valijas, ordenando
sus papeles. Hacía calor, y abrió de par en par la pequeña
ventana. La cama estaba bien tendida, pero la encontró
incómoda y dura. Por fin tenía todo el silencio necesario
para dormir a pierna suelta, y le pesaba. Dando vueltas

y vueltas, se sintió como vencido por ese silencio que había reclamado con astucia y que le devolvían entero y vengativo. Irónicamente pensó que extrañaba el llanto del niño, que esa calma perfecta no le bastaba para dormir y todavía menos para estar despierto. Extrañaba el llanto del niño, y cuando mucho más tarde lo oyó, débil, pero inconfundible a través de la puerta condenada, por encima del miedo, por encima de la fuga en plena noche supo que estaba bien y que la mujer no había mentido, no se había mentido al arrullar al niño, al querer que el niño se callara para que ellos pudieran dormirse.

El frío complica siempre las cosas, en verano se está tan cerca del mundo, tan piel contra piel, pero ahora a las seis y media su mujer lo espera en una tienda para elegir un regalo de casamiento, ya es tarde y se da cuenta de que hace frío, hay que ponerse el pulóver azul, cualquier cosa que vaya bien con el traje gris, el otoño es un ponerse y sacarse pulóveres, irse encerrando, alejando. Sin ganas silba un tango mientras se aparta de la ventana abierta, busca el pulóver en el armario y empieza a ponérselo delante del espejo. No es fácil, a lo mejor por culpa de la camisa que se adhiere a la lana del pulóver, pero le cuesta hacer pasar el brazo, poco a poco va avanzando la mano hasta que al fin asoma un dedo fuera del puño de lana azul, pero a la luz del atardecer el dedo tiene un aire como de arrugado y metido para adentro, con una uña negra terminada en punta. De un tirón se arranca la manga del pulóver y se mira la mano como si no fuese suya, pero ahora que está fuera del pulóver se ve que es su mano de siempre y él la deja caer al extremo del brazo flojo y se le ocurre que lo mejor será meter el otro brazo en la otra manga a ver si así resulta más sencillo. Parecería que no lo es porque apenas la lana del pulóver se ha pegado otra vez a la tela de la camisa, la falta de costumbre de empezar por la otra manga dificulta todavía más la operación, y aunque se ha puesto a silbar de nuevo para distraerse siente que la mano avanza apenas y que sin alguna maniobra complementaria no conseguirá hacerla llegar nunca a la salida. Mejor todo al mismo tiempo, agachar la cabeza para calzarla a la altura del cuello del pulóver a la vez que mete el brazo libre en la otra manga enderezándola y tirando simultáneamente con los dos brazos y el cuello. En la repentina penumbra azul que lo envuelve parece absurdo seguir silbando, empieza a sentir como un calor en la cara aunque parte de la cabeza ya debería estar afuera, pero la frente y toda la cara siguen cubiertas y las manos andan apenas por la mitad de las mangas, por más que tira nada sale afuera y ahora se le ocurre pensar que a lo mejor se ha equivocado en esa especie de cólera irónica con que reanudó la tarea, y que ha hecho la tontería de meter la cabeza en una de las mangas y una mano en el cuello del pulóver. Si fuese así su mano tendría que salir fácilmente, pero aunque tira con todas sus fuerzas no logra hacer avanzar ninguna de las dos manos aunque en cambio parecería que la cabeza está a punto de abrirse paso porque la lana azul le aprieta ahora con una fuerza casi irritante la nariz y la boca, lo sofoca más de lo que hubiera podido imaginarse, obligándolo a respirar profundamente mientras la lana se va humedeciendo contra la boca, probablemente desteñirá y le manchará la cara de azul. Por suerte en ese mismo momento su mano derecha asoma al aire, al frío de afuera, por lo menos ya hay una afuera aunque la otra siga apresada en la manga, quizás era cierto que su mano derecha estaba metida en el cuello del pulóver, por eso lo que él creía el cuello le está apretando de esa manera la cara, sofocándolo cada vez más, y en cambio la mano ha podido salir fácilmente. De todos modos y para estar seguro lo único que puede hacer es seguir abriéndose paso, respirando a fondo y dejando escapar el aire poco a poco, aunque sea absurdo porque nada le impide respirar perfectamente salvo que el aire que traga

está mezclado con pelusas de lana del cuello o de la manga
del pulóver, y además hay el gusto del pulóver, ese gusto
azul de la lana que le debe estar manchando la cara ahora
que la humedad del aliento se mezcla cada vez más con
la lana, y aunque no puede verlo porque si abre los ojos
las pestañas tropiezan dolorosamente con la lana, está
seguro de que el azul le va envolviendo la boca mojada,
los agujeros de la nariz, le gana las mejillas, y todo eso
lo va llenando de ansiedad y quisiera terminar de ponerse
de una vez el pulóver sin contar que debe ser tarde y su
mujer estará impacientándose en la puerta de la tienda.
Se dice que lo más sensato es concentrar la atención
en su mano derecha, porque esa mano por fuera del pulóver está en contacto con el aire frío de la habitación, es
como un anuncio de que ya falta poco y además puede
ayudarlo, ir subiendo por la espalda hasta aferrar el borde
inferior del pulóver con ese movimiento clásico que ayuda
a ponerse cualquier pulóver tirando enérgicamente hacia
abajo. Lo malo es que aunque la mano palpa la espalda
buscando el borde de lana, parecería que el pulóver ha
quedado completamente arrollado cerca del cuello y lo
único que encuentra la mano es la camisa cada vez más
arrugada y hasta salida en parte del pantalón, y de poco
sirve traer la mano y querer tirar de la delantera del pulóver
porque sobre el pecho no se siente más que la camisa,
el pulóver debe haber pasado apenas por los hombros y
estará ahí arrollado y tenso como si él tuviera los hombros
demasiado anchos para ese pulóver, lo que en definitiva
prueba que realmente se ha equivocado y ha metido una
mano en el cuello y la otra en una manga, con lo cual la
distancia que va del cuello a una de las mangas es exactamente la mitad de la que va de una manga a otra, y eso
explica que él tenga la cabeza un poco ladeada a la izquierda, del lado donde la mano sigue prisionera en la
manga, si es la manga, y que en cambio su mano derecha
que ya está afuera se mueva con toda libertad en el aire
aunque no consiga hacer bajar el pulóver que sigue como
arrollado en lo alto de su cuerpo. Irónicamente se le
ocurre que si hubiera una silla cerca podría descansar
y respirar mejor hasta ponerse del todo el pulóver, pero

ha perdido la orientación después de haber girado tantas
veces con esa especie de gimnasia eufórica que inicia
siempre la colocación de una prenda de ropa y que tiene
algo de paso de baile disimulado, que nadie puede re-
prochar porque responde a una finalidad utilitaria y no
a culpables tendencias coreográficas. En el fondo la verdadera solución sería sacarse el pulóver puesto que no ha
podido ponérselo, y comprobar la entrada correcta de
cada mano en las mangas y de la cabeza en el cuello, pero
la mano derecha desordenadamente sigue yendo y viniendo como si ya fuera ridículo renunciar a esa altura
de las cosas, y en algún momento hasta obedece y sube
a la altura de la cabeza y tira hacia arriba sin que él com-
prenda a tiempo que el pulóver se ha pegado en la cara
con esa gomosidad húmeda del aliento mezclado con el
azul de la lana, y cuando la mano tira hacia arriba es un
dolor como si le desgarraran las orejas y quisieran arran-
carle las pestañas. Entonces más despacio, entonces hay
que utilizar la mano metida en la manga izquierda, si es
la manga y no el cuello, y para eso con la mano derecha
ayudar a la mano izquierda para que pueda avanzar por
la manga o retroceder y zafarse, aunque es casi imposible
coordinar los movimientos de las dos manos, como si
la mano izquierda fuese una rata metida en una jaula y
desde afuera otra rata quisiera ayudarla a escaparse, a
menos que en vez de ayudarla la esté mordiendo porque
de golpe le duele la mano prisionera y a la vez la otra mano
se hinca con todas las fuerzas en eso que debe ser su mano
y que le duele, le duele a tal punto que renuncia a quitarse
el pulóver, prefiere intentar un último esfuerzo para sacar
la cabeza fuera del cuello y la rata izquierda fuera de la
jaula y lo intenta luchando con todo el cuerpo, echándose
hacia adelante y hacia atrás, girando en medio de la habitación, si es que está en el medio porque ahora alcanza
a pensar que la ventana ha quedado abierta y que es peli-
groso seguir girando a ciegas, prefiere detenerse aunque
su mano derecha siga yendo y viniendo sin ocuparse del
pulóver, aunque su mano izquierda le duele cada vez más
como si tuviera los dedos mordidos o quemados, y sin
embargo esa mano le obedece, contrayendo poco a poco

los dedos lacerados alcanza a aferrar a través de la manga
el borde del pulóver arrollado en el hombro, tira hacia
abajo casi sin fuerza, le duele demasiado y haría falta que
la mano derecha ayudara en vez de trepar o bajar inútilmente por las piernas, en vez de pellizcarle el muslo como
lo está haciendo, arañándolo y pellizcándolo a través de
la ropa sin que pueda impedírselo porque toda su voluntad
acaba en la mano izquierda, quizá ha caído de rodillas
y se siente como colgado de la mano izquierda que tira
una vez más del pulóver y de golpe es el frío en las cejas
y en la frente, en los ojos, absurdamente no quiere abrir
los ojos pero sabe que ha salido fuera, esa materia fría,
esa delicia es el aire libre, y no quiere abrir los ojos y espera
un segundo, dos segundos, se deja vivir en un tiempo
frío y diferente, el tiempo de fuera del pulóver, está de
rodillas y es hermoso estar así hasta que poco a poco agra-
decidamente entreabre los ojos libres de la baba azul de
la lana de adentro, entreabre los ojos y ve las cinco uñas
negras suspendidas apuntando a sus ojos, y tiene el tiempo
de bajar los párpados y echarse atrás cubriéndose con la
mano izquierda que es su mano, que es todo lo que le
queda para que lo defienda desde dentro de la manga,
para que tire hacia arriba el cuello del pulóver y la baba
azul le envuelva otra vez la cara mientras se endereza
para huir a otra parte, para llegar por fin a alguna parte
sin mano y sin pulóver, donde solamente haya un aire
fragoroso que lo envuelva y lo acompañe y lo acaricie
y doce pisos.

Alguna vez, en un tiempo sin horizonte, se acordaría de cómo casi todas las tardes tía Adela escuchaba ese disco con las voces y los coros, de la tristeza cuando las voces empezaban a salir, una mujer, un hombre y después muchos juntos cantando una cosa que no se entendía, la etiqueta verde con explicaciones para los grandes, Te lucis ante terminum, Nunc dimittis, tía Lorenza decía que era latín y que hablaba de Dios y cosas así entonces Wanda se cansaba de no comprender, de estar triste como cuando Teresita en su casa ponía el disco de Billie Holliday y lo escuchaban fumando porque la madre de Teresita estaba en el trabajo y el padre andaba por ahí en los negocios o dormía la siesta y entonces podían fumar tranquilas, pero escuchar a Billie Holliday era una tristeza hermosa que daba ganas de acostarse y llorar de felicidad, se estaba tan bien en el cuarto de Teresita con la ventana cerrada, con el humo, escuchando a Billie Holliday. En su casa le tenían prohibido cantar esas canciones porque

* Reproducido con autorización de «Siglo XXI, S. A.», México.

Billie Holliday era negra y había muerto de tanto tomar drogas, tía María la obligaba a pasar una hora más en el piano estudiando arpegios, tía Ernestina la empezaba con el discurso sobre la juventud de ahora, Te lucis ante terminum resonaba en la sala donde tía Adela cosía alumbrándose con una esfera de cristal llena de agua que recogía (era hermoso) toda la luz de la lámpara para la costura. Menos mal que de noche Wanda dormía en la misma cama que tía Lorenza y allí no había latín ni conferencias sobre el tabaco y los degenerados de la calle, tía Lorenza apagaba la luz después de rezar y por un momento hablaban de cualquier cosa, casi siempre del perro Grock, y cuando Wanda iba a dormirse la ganaba un sentimiento de reconciliación, de estar un poco más protegida de la tristeza de la casa con el calor de tía Lorenza que resoplaba suavemente, casi como Grock, caliente y un poco ovillada y resoplando satisfecha como Grock en la alfombra del comedor.

—Tía Lorenza, no me dejes soñar más con el hombre de la mano artificial —había suplicado Wanda la noche de la pesadilla—. Por favor, tía Lorenza, por favor.

Después le había hablado de eso a Teresita y Teresita se había reído, pero no era para reírse y tampoco tía Lorenza se había reído mientras le secaba las lágrimas, le daba a beber un vaso de agua y la iba calmando poco a poco, ayudándola a alejar las imágenes, la mezcla de recuerdos del otro verano y la pesadilla, el hombre que se parecía tanto a los del álbum del padre de Teresita, o el callejón sin salida donde al anochecer el hombre de negro la había acorralado, acercándose lentamente hasta detenerse y mirarla con toda la luna llena en la cara, los anteojos de aro metálico, la sombra del sombrero melón ocultándole la frente, y entonces el movimiento del brazo derecho alzándose hacia ella, la boca de labios filosos, el alarido o la carrera que la había salvado del final, el vaso de agua y las caricias de tía Lorenza antes de un lento retorno amedrentado a un sueño que duraría hasta tarde, el purgante de tía Ernestina, la sopa liviana y los consejos, otra vez la casa y Nunc dimittis, pero al final permiso para ir a jugar con Teresita aunque esa muchacha no era de fiar con la educación que le daba la madre, capaz que hasta le enseñaba cosas pero en fin, peor era verle esa cara demacrada y un rato de diversión no le haría daño, antes las niñas bordaban a la hora de la siesta o estudiaban solfeo pero la juventud de ahora...

—No solamente son locas sino idiotas —había dicho Teresita, pasándole un cigarrillo de los que le robaba a su padre—. Qué tías que te mandaste, nena. ¿Así que te dieron un purgante? ¿Ya fuiste o qué? Tomá, mirá lo que me prestó la Chola, están todas las modas de otoño pero fijate primero en las fotos de Ringo, decime si no es un amor, miralo ahí con esa camisa abierta. Tiene pelitos, fijate.

Después había querido saber más, pero a Wanda le costaba seguir hab'ando de eso ahora que de golpe le volvía una visión de fuga, de enloquecida carrera por el callejón, y eso no era la pesadilla aunque casi tenía que ser el final de la pesadilla que había olvidado al despertarse gritando. A lo mejor antes, a fines del otro verano, habría podido hablarle a Teresita pero se había callado por miedo de que fuera con chismes a tía Ernestina, en esa época Teresita iba todavía a su casa y las tías le sonsacaban cosas con tostadas y dulce de leche hasta que se pelearon con la madre y ya no querían recibir más a Teresita aunque a ella la dejaban ir a su casa algunas tardes cuando tenían visitas y querían estar tranquilas. Ahora hubiera podido contarle todo a Teresita pero ya no valía la pena porque la pesadilla era también lo otro, o a lo mejor lo otro había sido parte de la pesadilla, todo se parecía tanto al álbum del padre de Teresita y nada acababa de veras, era como esas calles en el álbum que se perdían a la distancia igual que en las pesadillas.

—Teresita, abrí un poco la ventana, hace tanto calor con este encierro.

—No seas pava, después mi vieja se aviva que estuvimos fumando. Tiene un olfato de tigre la Pecosa, en esta casa hay que andarse con cuidado.

—Avisá, ni que fueran a matarte a palos.

—Claro, vos te volvés a tu casa y qué te importa. Siempre la misma chiquilina, vos.

Pero Wanda ya no era una chiquilina aunque Teresita se lo refregaba todavía por la cara pero cada vez menos desde la tarde en que también hacía calor y habían hablado de cosas y después Teresita le había enseñado eso y todo se había vuelto diferente aunque todavía Teresita la trataba de chiquilina cuando se enojaba.

—No soy ninguna chiquilina —dijo Wanda, sacando el humo por la nariz.

—Bueno, bueno, no te pongás. Tenés razón, hace un calor de tormenta. Mejor nos sacamos la ropa y nos preparamos un vino con hielo. Te voy a decir una cosa, vos eso lo soñaste por el álbum de papá, y eso que ahí no hay ninguna mano artificial pero los sueños ya se sabe. Mirá cómo se me están desarrollando.

Bajo la blusa no se notaba gran cosa, pero desnudos tomaban importancia, la volvían mujer, le cambiaban la cara. A Wanda le dio vergüenza quitarse el vestido y mostrar el pecho donde apenas si asomaban. Uno de los zapatos de Teresita voló hasta la cama, el otro se perdió bajo el sofá. Pero claro que era como los hombres del álbum del papá de Teresita, los hombres de negro que se repetían en casi todas las láminas, Teresita le había mostrado el álbum una tarde de siesta en que su papá acababa de irse y la casa estaba tan sola y callada como las salas y las casas del álbum. Riendo y empujándose de puro nerviosas habían subido al piso alto donde a veces los padres de Teresita las llamaban para tomar el té en la biblioteca como señoritas, y en esos días no era cosa de fumar ni de beber vino en la pieza de Teresita porque la Pecosa se daba cuenta en seguida, por eso aprovechaban que la casa era para ellas solas y subían gritando y empujándose como ahora que Teresita empujaba a Wanda hasta hacerla caer sentada en el canapé azul y casi con el mismo gesto se agachaba para bajarse el slip y quedar desnuda delante de Wanda, las dos mirándose con una risa un poco corta y rara hasta que Teresita soltó una carcajada y le preguntó si era sonsa o no sabía que ahí crecían pelitos como en el pecho de Ringo. «Pero yo también tengo», había dicho Wanda, «me empezaron el otro verano». Lo mismo que en el álbum donde todas las mujeres

tenían muchos, en casi todas las láminas iban y venían
o estaban sentadas o acostadas en el pasto y en las salas
de espera de las estaciones («son locas», opinaba Teresita),
y también como ahora mirándose entre ellas con unos
ojos muy grandes y siempre la luna llena aunque no se
la viera en la lámina, todo pasaba en lugares donde había
luna llena y las mujeres andaban desnudas por las calles
y las estaciones, cruzándose como si no se vieran y estuvieran terriblemente solas, y a veces los señores de traje
negro o guardapolvo gris que las miraban ir y venir o
estudiaban piedras raras con un microscopio y sin sacarse
el sombrero.

—Tenés razón —dijo Wanda—, se parecía mucho a
los hombres del álbum, y también tenía un sombrero melón
y anteojos, era como ellos pero con una mano artificial,
y eso que la otra vez cuando...

—Acabala con la mano artificial —dijo Teresita—.
¿Te vas a quedar así toda la tarde? Primero te quejás del
calor y después la que me desnudo soy yo.

—Tendría que ir al baño.

—¡El purgante! No, si tus tías son un caso. Andá rápido,
y de vuelta traé más hielo, miralo a Ringo cómo me espía,
ángel querido. ¿A usted le gusta esta barriguita, amoroso?
Mírela bien, frótese así y así, la Chola me mata cuando
le devuelva la foto arrugada.

En el baño Wanda había esperado lo más posible para
no tener que volver de nuevo, estaba dolorida y le daba
rabia el purgante y también después Teresita en el canapé
azul mirándola como si fuera una nena, burlándose como
la otra vez cuando le había enseñado eso a Wanda no
había podido impedir que la cara se le pusiera como fuego,
esas tardes en que todo era diferente, primero tía Adela
dándole permiso para quedarse hasta más tarde en lo de
Teresita, total está ahí al lado y yo tengo que recibir a la
directora y a la secretaria de la escuela de María, con esta
casa tan chica mejor te vas a jugar con tu amiga pero
cuidado a la vuelta, venís directamente y nada de quedarte machoneando en la calle con Teresita, a ésa le gusta
irse por ahí, la conozco, después fumando unos cigarrillos
nuevos que el padre de Teresita se había olvidado en un

cajón del escritorio, con filtro dorado y un olor raro, y al
final Teresita le había enseñado eso, era difícil acordarse
cómo había ocurrido, estaban hablando del álbum, o a
lo mejor lo del álbum era el principio del verano, aquella
tarde estaban más abrigadas y Wanda tenía el pulóver
amarillo, entonces no era todavía el verano, al final no
sabían qué decir, se miraban y se reían, casi sin hablar
habían salido a la calle para dar una vuelta por el lado de
la estación, evitando la esquina de la casa de Wanda porque
tía Ernestina no les perdía pisada aunque estuviera con
la directora y la secretaria. En el andén de la estación se
habían quedado un rato paseando como si esperaran el
tren, mirando pasar las máquinas que hacían temblar los
andenes y llenaban el cielo de humo negro. Entonces,
o a lo mejor cuando ya estaban de vuelta y era hora de
separarse, Teresita le había dicho como al descuido que
tuviera cuidado con eso, no fuera cosa, y Wanda que
había estado tratando de olvidarse se puso colorada y
Teresita se rió y le dijo que lo de esa tarde no podía saberlo nadie pero que sus tías eran como la Pecosa y que
si se descuidaba cualquier día la pescaban y entonces iba
a ver. Se habían reído otra vez pero era cierto, tenía que
ser tía Ernestina la que la sorprendiera al final de la siesta
aunque Wanda había estado segura de que nadie entraría
a esa hora en su cuarto, todo el mundo se había ido a
dormir y en el patio se oía la cadena de Grock y el zum-
bido de las avispas furiosas de sol y de calor, apenas si
había tenido tiempo de levantarse la sábana hasta el cuello
y hacerse la dormida pero ya era tarde porque tía Ernestina estaba a los pies de la cama, le había arrancado la sábana
de un tirón sin decir una palabra, solamente mirándole
el pantalón del piyama enredado en las pantorrillas. En
lo de Teresita cerraban con llave la puerta y eso que la
Pecosa se lo tenía prohibido, pero tía María y tía Ernestina
hablaban de los incendios y de que los niños encerrados
morían en las llamas, aunque ahora no era de eso que
hablaban tía Ernestina y tía Adela, primero se le habían
acercado sin decir nada y Wanda había tratado de fingir
que no comprendía hasta que tía Adela le agarró la mano
y se la retorció, y tía Ernestina le dio la primera bofetada,

después otra y otra, Wanda se defendía llorando, de cara contra la almohada, gritando que no había hecho nada malo, que solamente le picaba y que entonces, pero tía Adela se sacó la zapatilla y empezó a pegarle en las nalgas mientras le sujetaba las piernas, y hablaban de degenerada y de seguramente Teresita y de la juventud y la ingratitud y las enfermedades y el piano y el encierro pero sobre todo de la degeneración y las enfermedades hasta que tía Lorenza se levantó asustada por los gritos y los llantos y de golpe hubo calma, quedó solamente tía Lorenza mirándola afligida, sin calmarla ni acariciarla pero siempre tía Lorenza como ahora que le daba un vaso de agua y la protegía del hombre de negro, repitiéndole al oído que iba a dormir bien, que no iba a tener de nuevo la pesadilla.

—Comiste demasiado puchero, me fijé. El puchero es pesado de noche, igual que las naranjas. Vamos, ya pasó, dormite, estoy aquí, no vas a soñar más.

—¿Qué estás esperando para sacarte la ropa? ¿Tenés que ir de nuevo al baño? Te vas a dar vuelta como un guante, tus tías son locas.

—No hace tanto calor como para estar desnudas —había dicho Wanda aquella tarde, quitándose el vestido.

—Vos fuiste la que empezó con lo del calor. Dame el hielo y traé los vasos, todavía queda vino dulce pero ayer la Pecosa estuvo mirando la botella y puso la cara. Si se la conoceré, la cara. No dice nada pero pone la cara y sabe que yo sé. Menos mal que el viejo no piensa más que en los negocios y se las pica todo el tiempo. Es cierto, ya tenés pelos pero pocos, todavía parecés una nena. Te voy a mostrar una cosa en la biblioteca si me jurás.

Teresita había descubierto el álbum por casualidad, la estantería cerrada con llave, tu papá guarda los libros científicos que no son cosas para tu edad, qué idiotas, se les había quedado entornada y había diccionarios y un libro con el lomo escondido, justamente como para no darse cuenta, y además otro con las láminas anatómicas que no eran como las del liceo, ésas estaban completamente terminadas, pero apenas sacó el álbum las planchas de anatomía dejaron de interesarle porque el álbum era

como una fotonovela pero tan rara, los letreros una lástima en francés y apenas se entendían algunas palabras
sueltas, la sérénité est sur le point de basculer, sérénité
quería decir serenidad pero basculer quién sabe, era una
palabra rara, bas quería decir media, les bas Diro de la
Pecosa, pero culer, las medias del culer no quería decir
nada, y las mujeres de las láminas estaban siempre desnudas
o con polleras y túnicas pero no llevaban medias, a lo
mejor era otra cosa y Wanda también había pensado lo
mismo cuando Teresita le mostró el álbum y se habían
reído como locas, eso era lo bueno con Wanda en las
tardes de siesta cuando las dejaban solas en la casa.

—No hace tanto calor como para sacarse la ropa —dijo
Wanda—. ¿Por qué sos tan exagerada? Yo dije, cierto,
pero no quería decir eso.

—¿Entonces no te gusta estar como las mujeres de las
láminas? —se burló Teresita estirándose en el canapé—.
Mirame bien y decí si no estoy idéntica a ésa donde todo
es como de cristal y a lo lejos se ve a un hombre chiquitito
que viene por la calle. Sacate el slip, idiota, no ves que
estropeás el efecto.

—No me acuerdo de esa lámina —dijo Wanda, apoyando indecisamente los dedos en el elástico del slip—.
Ah sí, creo que me acuerdo, había una lámpara en el
cielo raso y en fondo un cuadro azul con la luna llena.
Todo era azul, verdad.

Vaya a saber por qué la tarde del álbum se había detenido mucho tiempo en esa lámina aunque había otras más
excitantes y extrañas, por ejemplo la de Orphée que en el
diccionario quería decir Orfeo el padre de la música que
bajó a los infiernos, y eso que en la lámina no había ningún
infierno y apenas una calle con casas de ladrillos rojos,
un poco como al comienzo de la pesadilla aunque después
todo había cambiado y era otra vez el callejón con el
hombre de la mano artificial, y por esa calle con casas
de ladrillos rojos venía Orfeo desnudo, Teresita le había
mostrado en seguida aunque a primera vista Wanda había
pensado que era otra de las mujeres desnudas hasta que
Teresita soltó la risa y puso el dedo ahí mismo y Wanda
vio que era un hombre muy joven pero un hombre y se

quedaron mirando y estudiando a Orfeo y preguntándose
quién sería la mujer de espaldas en el jardín y por qué
estaría de espaldas con el cierre relámpago de la pollera
desabrochado a medias como si eso fuera una manera de
pasearse por el jardín.

—Es un adorno, no un cierre relámpago —descubrió
Wanda—. Da la impresión pero si te fijás es una especie
de dobladillo que parece un cierre. Lo que no se entiende
es por qué Orfeo viene por la calle y está desnudo y la
mujer se queda de espaldas en el jardín detrás de la pared,
es rarísimo. Orfeo parece una mujer con esa piel tan blanca
y esas caderas. Si no fuera por eso, claro.

—Vamos a buscar otra donde se lo vea de más cerca
—dijo Teresita—. ¿Vos ya viste hombres?

—No, cómo querés —dijo Wanda—. Yo sé cómo es
pero cómo querés que vea. Es como los nenes pero más
grande, ¿no? Como Grock, pero es un perro, no es lo
mismo.

—La Chola dice que cuando están enamorados les crece
el triple y entonces es cuando se produce la fecundación.

—¿Para tener hijos? ¿La fecundación es eso o qué?

—Sos pava, nenita. Mirá esta otra casi parece la misma
calle pero hay dos mujeres desnudas. ¿Por qué pinta
tantas mujeres ese desgraciado? Fijate, parecería que se
cruzan sin conocerse y cada una sigue para su lado, están
completamente locas, desnudas en plena calle y ningún
vigilante que proteste, eso no puede suceder en ninguna
parte. Fijate esta otra, hay un hombre pero está vestido
y se esconde en una casa, se le ve nomás que la cara y una
mano. Y esa mujer vestida de ramas y hojas, si te digo
que están locas.

—No vas a soñar mas —prometió tía Lorenza, acaricián-
dola—. Dormite ahora, vas a ver que no vas a soñar más.

—Es cierto, ya tenés pelos pero pocos —había dicho
Teresita—. Es raro, todavía parecés una nena. Encendeme
el cigarrillo. Vení.

—No, no —había dicho Wanda, queriendo soltarse—.
¿Qué hacés? No quiero, dejame.

—Qué sonsa sos. Mirá, vas a ver, yo te enseño. Pero
si no te hago nada, quedate quieta y vas a ver.

Por la noche la habían mandado a la cama sin permitirle que las besara, la cena había sido como en las láminas donde todo era silencio, solamente tía Lorenza la miraba de cuando en cuando y le servía la cena, por la tarde había escuchado de lejos el disco de tía Adela y las voces le llegaban como si la estuvieran acusando, Te lucis ante terminum, ya había decidido suicidarse y le hacía bien llorar pensando en tía Lorenza cuando la encontrara muerta y todas se arrepintieran, se suicidaría tirándose al jardín desde la azotea o abriéndose las venas con la gillette de tía Ernestina pero todavía no porque antes tenía que escribirle una carta de adiós a Teresita diciéndole que la perdonaba, y otra a la profesora de geografía que le había regalado el atlas encuadernado, y menos mal que tía Ernestina y tía Adela no estaban enteradas de que Teresita y ella habían ido a la estación para ver pasar los trenes y que por la tarde fumaban y tomaban vino, y sobre todo de aquella vez al caer la tarde cuando había vuelto de casa de Teresita y en vez de cruzar como le mandaban había dado una vuelta manzana y el hombre de negro se le había acercado para preguntarle la hora como en la pesadilla, y a lo mejor era solamente la pesadilla, oh sí Dios querido, justo en la entrada del callejón que terminaba en la tapia con enredaderas, y tampoco entonces se había dado cuenta (pero a lo mejor era solamente la pesadilla) de que el hombre escondía una mano en el bolsillo del traje negro hasta que empezó a sacarla muy despacio mientras le preguntaba la hora y era una mano como de cera rosa con los dedos duros y entrecerrados, que se atascaba en el bolsillo del saco y salía poco a poco a tirones, y entonces Wanda había corrido alejándose de la entrada del callejón pero ya casi no se acordaba de haber corrido y de haber escapado del hombre que quería acorralarla en el fondo del callejón, había como un hueco porque el terror de la mano artificial y de la boca de labios filosos fijaba ese momento y no había ni antes ni después como cuando tía Lorenza le había dado a beber un vaso de agua, en la pesadilla no había ni antes ni después y para peor ella no podía contarle a tía Lorenza que no era solamente un sueño porque ya no estaba segura y tenía miedo

de que supieran y todo se mezclaba y Teresita y lo único
seguro era que tía Lorenza estaba allí contra ella en la
cama, abrigándola en sus brazos y prometiéndole un
sueño tranquilo, acariciándole el pelo y prometiéndole.

—¿Verdad que te gusta? —dijo Teresita—. También
se puede hacer así, mirá.

—No, no, por favor —dijo Wanda.

—Pero sí, todavía es mejor, se siente doble, la Chola
lo hace así y yo también, ves como te gusta, no mientas,
si querés acostate aquí y lo hacés vos misma ahora que
sabés.

—Dormite, querida —había dicho tía Lorenza—, vas
a ver que no vas a soñar más.

Pero era Teresita la que se reclinaba con los ojos entornados, como si de golpe estuviera tan cansada después
de haberle enseñado a Wanda, y se parecía a la mujer rubia
del canapé azul solamente que más joven y morocha, y
Wanda pensaba en la otra mujer de la lámina que miraba
una vela encendida aunque en la habitación de cristales
había una lámpara en el cielo raso, y la calle con los faroles
y el hombre a la distancia parecían entrar en la habitación,
formar parte de la habitación como casi siempre en esas
láminas aunque ninguna les había parecido tan rara como
la que se llamaba las damiselas de Tongres, porque de-
moiselles en francés quería decir damiselas y mientras
Wanda miraba a Teresita que respiraba fatigosamente
como si estuviera muy cansada era lo mismo que estar
viendo de nuevo la lámina con las damiselas de Tongres,
que debía ser un lugar porque estaba con mayúscula,
abrazándose envueltas en túnicas azules y rojas pero desnudas debajo de las túnicas, y una tenía los pechos al
aire y acariciaba a la otra y las dos tenían boinas negras
y pelo largo rubio, la acariciaba pasándole los dedos por
abajo de la espalda como había hecho Teresita, y el hombre calvo con guardapolvo gris era como el doctor Fontana cuando tía Ernestina la había llevado y el doctor
después de hablar en secreto con tía Ernestina le había
dicho que se desvistiera y ella tenía trece años y ya le
empezaba el desarrollo y por eso tía Ernestina la llevaba
aunque a lo mejor no era solamente por eso porque el

doctor Fontana se puso a reír y Wanda escuchó cuando
le decía a tía Ernestina que esas cosas no tenían tanta
importancia y que no había que exagerar, y después la
auscultó le miró los ojos y tenía un guardapolvo que
parecía el de la lámina solamente que era blanco, y le
dijo que se acostara en la camilla y la palpó por abajo y tía
Ernestina estaba ahí pero se había ido a mirar por la ventana aunque no se podía ver la calle porque la ventana
tenía visillos blancos, hasta que el doctor Fontana la
llamó y le dijo que no se preocupara y Wanda se vistió
mientras el doctor escribía una receta con un tónico y un
jarabe para los bronquios, y la noche de la pesadilla había
sido un poco así porque al principio el hombre de negro
era amable y sonriente como el doctor Fontana y solamente quería saber la hora, pero después venía el callejón
como la tarde en que ella había dado la vuelta manzana,
y al final no le quedaba más remedio que suicidarse con
la guillette o tirándose de la azotea después de escribirle
a la profesora y a Teresita.

—Sos idiota —había dicho Teresita—. Primero dejás
la puerta abierta como una pava, y después ni siquiera sos
capaz de disimular. Te prevengo, si tus tías le vienen
con el cuento a la Pecosa, porque seguro que me lo van
a achacar a mí, voy de cabeza a un colegio interno, ya papá
me previno.

—Bebé un poco más —dijo tía Lorenza—. Ahora vas
a dormir hasta mañana sin soñar nada.

Eso era lo peor, no poder contarle a tía Lorenza, explicarle por qué se había escapado de la casa la tarde de
tía Ernestina y tía Adela y había andado por calles y calles
sin saber qué hacer, pensando que tenía que suicidarse
en seguida, tirarse debajo de un tren, y mirando para todos
lados porque a lo mejor el hombre estaba de nuevo ahí
y cuando llegara a un lugar solitario se le acercaría para
preguntarle la hora, a lo mejor las mujeres de las láminas
andaban desnudas por esas calles porque también se habían
escapado de sus casas y tenían miedo de esos hombres de
guardapolvo gris o de traje negro como el hombre del
callejón, pero en las láminas había muchas mujeres y en
cambio ahora ella andaba sola por las calles, aunque menos

mal que no estaba desnuda como las otras y que ninguna
venía a abrazarla con una túnica roja o a decirle que se
acostara como le habían dicho Teresita y el doctor Fontana.

—Billie Holliday era negra y murió de tanto tomar
drogas —dijo Teresita—. Tenía alucinaciones y esas cosas.

—¿Qué es alucinaciones?

—No sé, algo terrible, gritan y se retuercen. ¿Sabes
que tenés razón? Hace un calor de tormenta. Mejor nos
sacamos la ropa.

—No hace tanto calor como para estar desnudas —había
dicho Wanda.

—Comiste demasiado puchero —dijo tía Lorenza—.

—El puchero es pesado de noche, igual que las naranjas.

—También se puede hacer así, mirá —había dicho
Teresita.

Quién sabe por qué la lámina que más recordaba era
la de esa calle angosta con árboles de un lado y una puerta
en primer plano en la otra acera, para colmo en mitad de
la calle una mesita con una lámpara encendida y eso que
era pleno día. «Acababa con la mano artificial», había
dicho Teresita. «¿Te vas a quedar así toda la tarde? Primero
te quejás del calor y después la que me desnudo soy yo.»
En la lámina ella se alejaba arrastrando por el suelo una
túnica oscura, y en la puerta en primer plano estaba Teresita mirando la mesa con la lámpara, sin darse cuenta
de que al fondo el hombre de negro esperaba a Wanda,
inmóvil a un lado de la calle. «Pero no somos nosotras»,
había pensado Wanda, «son mujeres grandes que andan
desnudas por la calle, no somos nosotras, es como la pesadilla, una cree que está pero no está, y tía Lorenza no me
dejará seguir soñando.» Si hubiera podido pedirle a tía
Lorenza que la salvara de las calles, que no la dejara tirarse
debajo de un tren, que no volviera a aparecer el hombre
de negro que en la lámina esperaba en el fondo de la calle,
ahora que estaba dando la vuelta manzana («vení directamente y nada de quedarte machoneando en la calle»,
había dicho tía Adela) y el hombre de negro se le acercaba
para preguntarle la hora y la acorralaba lentamente en el
callejón sin ventanas, cada vez más pegada a la tapia con

enredaderas, incapaz de gritar o suplicar o defenderse como en la pesadilla, pero en la pesadilla había un hueco final porque tía Lorenza estaba ahí calmándola y todo se borraba con el sabor del agua fresca y las caricias, y también la tarde del callejón terminaba en un hueco cuando Wanda había salido corriendo sin mirar atrás hasta meterse en su casa y trancar la puerta y llamar a Grock para que cuidara la entrada ya que no podía contarle la verdad a tía Adela. Ahora de nuevo todo era como antes pero en el callejón ya no había ese hueco, ya no se podía escapar ni despertar, el hombre de negro la acorralaba contra la tapia y tía Lorenza no iba a calmarla, estaba sola en ese anochecer con el hombre de negro que le había preguntado la hora, que se acercaba a la tapia y empezaba a sacar la mano del bolsillo, cada vez más cerca de Wanda pegada contra las enredaderas, y el hombre de negro ya no preguntaba la hora, la mano de cera buscaba algo contra ella, debajo de la pollera, y la voz del hombre le decía al oído quédate quieta y no llores, que vamos a hacer lo que te enseñó Teresita.

Y sí, parece que es así, que te has ido diciendo no sé qué cosa, que te ibas a tirar al Sena, algo por el estilo, una de esas frases de plena noche, mezcladas de sábanas y boca pastosa, casi siempre en la oscuridad o con algo de mano o de pie rozando el cuerpo del que apenas escucha, porque hace tanto que apenas te escucho cuando dices cosas así, eso viene del otro lado de mis ojos cerrados, del sueño que otra vez me tira hacia abajo. Entonces está bien, qué me importa si te has ido, si te has ahogado o todavía andas por los muelles mirando el agua, y además no es cierto porque estás aquí dormida y respirando entrecortadamente, pero entonces no te has ido cuando te fuiste en algún momento de la noche antes de que yo me perdiera en el sueño, porque te habías ido diciendo alguna cosa, que te ibas a ahogar en el Sena, o sea que has tenido miedo, has renunciado y de golpe estás ahí casi tocándome, y te mueves ondulando como si algo trabajara suavemente en tu sueño, como si de verdad soñaras que has salido y que después de todo llegaste a los muelles y te tiraste al agua. Así una vez más, para dormir después con la cara empapada de un llanto estúpido, hasta las once de la mañana, la hora en que traen el diario con las noticias de los que se han ahogado de veras.

Me das risa, pobre. Tus determinaciones trágicas, esa manera de andar golpeando las puertas como una actriz de tournées de provincia, uno se pregunta si realmente crees en tus amenazas, tus chantajes repugnantes, tus inagotables escenas patéticas untadas de lágrimas y adjetivos y recuentos. Merecerías a alguien más dotado que yo para que te diera la réplica, entonces se vería alzarse a la pareja perfecta, con el hedor exquisito del hombre y la mujer que se destrozan mirándose en los ojos para asegurarse el aplazamiento más precario, para sobrevivir todavía y volver a empezar y perseguir inagotablemente su verdad de terreno baldío y fondo de cacerola. Pero ya ves, escojo el silencio, enciendo un cigarrillo y te escucho hablar, te escucho quejarte (con razón, pero qué puedo hacerle), o lo que es todavía mejor me voy quedando dormido, arrullado casi por tus imprecaciones previsibles, con los ojos entrecerrados mezclo todavía por un rato las primeras ráfagas de los sueños con tus gestos de camisón ridículo bajo la luz de la araña que nos regalaron cuando nos casamos, y creo que al final me duermo y me llevo, te lo confieso casi con amor, la parte más aprovechable de tus movimientos y tus denuncias, el sonido restallante que te deforma los labios lívidos de cólera. Para enriquecer mis propios sueños donde jamás a nadie se le ocurre ahogarse, puedes creerme.

Pero si es así me pregunto qué estás haciendo en esta cama que habías decidido abandonar por la otra más vasta y más huyente. Ahora resulta que duermes, que de cuando en cuando mueves una pierna que va cambiando el dibujo de la sábana, pareces enojada por alguna cosa, no demasiado enojada, es como un cansancio amargo, tus labios esbozan una mueca de desprecio, dejan escapar el aire entrecortadamente, lo recogen a bocanadas breves, y creo que si no estuviera tan exasperado por tus falsas amenazas admitiría que eras otra vez hermosa, como si el

sueño te devolviera un poco de mi lado donde el deseo
es posible y hasta reconciliación o nuevo plazo, algo
menos turbio que este amanecer donde empiezan a rodar
los primeros carros y los gallos abominablemente des-
nudan su horrenda servidumbre. No sé, ya ni siquiera
tiene sentido preguntar otra vez si en algún momento
te habías ido, si eras tú la que golpeó la puerta al salir
en el instante mismo en que yo resbalaba al olvido, y a
lo mejor es por eso que prefiero tocarte, no porque dude
de que estés ahí, probablemente en ningún momento te
fuiste del cuarto, quizá un golpe de viento cerró la puerta,
soñé que te habías ido mientras tú, creyéndome despierto,
me gritabas tu amenaza desde los pies de la cama. No es
por eso que te toco, en la penumbra verde del amanecer
es casi dulce pasar una mano por ese hombro que se estre-
mece y me rechaza. La sábana te cubre a medias, mis
dedos empiezan a bajar por el terso dibujo de tu garganta,
inclinándome respiro tu aliento que huele a noche y a
jarabe, no sé cómo mis brazos te han enlazado, oigo una
queja mientras arqueas la cintura negándote, pero los
dos conocemos demasiado ese juego para creer en él,
es preciso que me abandones la boca que jadea palabras
sueltas, de nada sirve que tu cuerpo amodorrado y vencido luche por evadirse, somos a tal punto una misma
cosa en ese enredo de ovillo donde la lana blanca y la
lana negra luchan como arañas en un bocal. De la sábana
que apenas te cubría alcanzo a entrever la ráfaga instantánea que surca el aire para perderse en la sombra y ahora
estamos desnudos, el amanecer nos envuelve y reconcilia
en una sola materia temblorosa, pero te obstinas en luchar,
encogiéndote, lanzando los brazos por sobre mi cabeza,
abriendo como en un relámpago los muslos para volver
a cerrar sus tenazas monstruosas que quisieran separarme
de mí mismo. Tengo que dominarte lentamente (y eso,
lo sabes, lo he hecho siempre con una gracia ceremonial),
sin hacerte daño voy doblando los juncos de tus brazos,
me ciño a tu placer de manos crispadas, de ojos enorme-
mente abiertos, ahora tu ritmo al fin se ahonda en movimientos lentos de muaré, de profundas burbujas ascendiendo hasta mi cara, vagamente acaricio tu pelo derra-

mado en la almohada, en la penumbra verde miro con
sorpresa mi mano que chorrea, y antes de resbalar a tu
lado sé que acaban de sacarte del agua, demasiado tarde,
naturalmente, y que yaces sobre las piedras del muelle
rodeada de zapatos y de voces, desnuda boca arriba con
tu pelo empapado y tus ojos abiertos.

Instrucciones para John Howell

A Peter Brook

Pensándolo después —en la calle, en un tren, cruzando campos— todo eso hubiera parecido absurdo, pero un teatro no es más que un pacto con el absurdo, su ejercicio eficaz y lujoso. A Rice, que se aburría en un Londres otoñal de fin de semana y que había entrado al Aldwych sin mirar demasiado el programa, el primer acto de la pieza le pareció sobre todo mediocre; el absurdo empezó en el intervalo cuando el hombre de gris se acercó a su butaca y lo invitó cortésmente, con una voz casi inaudible, a que lo acompañara entre bastidores. Sin demasiada sorpresa pensó que la dirección del teatro debía estar haciendo una encuesta, alguna vaga investigación con fines publicitarios. «Si se trata de una opinión», dijo Rice, «el primer acto me parece flojo, y la iluminación, por ejemplo...» El hombre de gris asintió amablemente pero su mano seguía indicando una salida lateral, y Rice entendió que debía levantarse y acompañarlo sin hacerse rogar. «Hubiera preferido una taza de té», pensó mientras bajaba unos peldaños que daban a un pasillo lateral y se dejaba conducir entre distraído y molesto. Casi de golpe se encontró frente a un bastidor que representaba una biblioteca burguesa; dos hombres que parecían aburrirse lo saludaron como si su visita hubiera estado prevista e incluso descontada. «Desde luego usted se presta admirablemente», dijo el más alto de los dos. El otro hombre inclinó la cabeza, con un aire de mudo. «No tenemos mucho tiempo», dijo el hombre alto, «pero trataré de explicarle su papel en dos palabras». Hablaba mecánicamente, casi como si prescindiera de la presencia real de Rice y se limitara a cumplir una monótona consigna. «No entiendo», dijo Rice dando un paso atrás. «Casi es mejor», dijo el hombre alto. «En estos casos el análisis es más bien una desventaja; verá que apenas se acostumbre a los reflectores empezará a divertirse. Usted ya conoce el primer acto; ya sé, no le gustó. A nadie le gusta. Es a partir de ahora que la pieza puede ponerse mejor. Depende, claro.» «Ojalá mejore», dijo Rice que creía haber entendido mal, «pero en todo caso ya es tiempo de que me vuelva a la sala». Como había dado otro paso atrás no lo sorprendió demasiado la blanda resistencia del hombre de gris, que murmuraba una excusa sin apartarse. «Parecería que no nos entendemos», dijo el hombre alto, «y es una lástima porque faltan apenas cuatro minutos para el segundo acto. Le ruego que me escuche atentamente. Usted es Howell, el marido de Eva. Ya ha visto que Eva engaña a Howell con Michael; y que probablemente Howell se ha dado cuenta aunque prefiere callar por razones que no están todavía claras. No se mueva, por favor, es simplemente una peluca». Pero la admonición parecía casi inútil porque el hombre de gris y el hombre mudo lo habían tomado de los brazos, y una muchacha alta y flaca que había aparecido bruscamente le estaba calzando algo tibio en la cabeza. «Ustedes no querrán que yo me ponga a gritar y arme un escándalo en el teatro», dijo Rice tratando de dominar el temblor de su voz. El hombre alto se encogió de hombros. «Usted no haría eso», dijo cansadamente. «Sería tan poco elegante... No, estoy seguro de que no haría eso. Además la peluca le queda perfectamente, usted tiene tipo de pelirrojo.» Sabiendo que no debía decir eso, Rice dijo: «Pero yo no soy un actor.»

Todos, hasta la muchacha, sonrieron alentándolo. «Precisamente», dijo el hombre alto. «Usted se da muy bien cuenta de la diferencia. Usted no es un actor, usted es Howell. Cuando salga a escena, Eva estará en el salón escribiendo una carta a Michael. Usted fingirá no darse cuenta de que ella esconde el papel y disimula su turbación. A partir de ese momento haga lo que quiera. Los anteojos, Ruth.» «¿Lo que quiera?», dijo Rice, tratando sordamente de liberar sus brazos mientras Ruth le ajustaba unos anteojos con montura de carey. «Sí, de eso se trata», dijo desganadamente el hombre alto, y Rice tuvo como una sospecha de que estaba harto de repetir las mismas cosas cada noche. Se oía la campanilla llamando al público, y Rice alcanzó a distinguir los movimientos de los tramoyistas en el escenario, unos cambios de luces; Ruth había desaparecido de golpe. Lo invadió una indignación más amarga que violenta, que de alguna manera parecía fuera de lugar. «Esto es una farsa estúpida», dijo tratando de zafarse, «y les prevengo que...» «Lo lamento», murmuró el hombre alto. «Francamente hubiera pensado otra cosa de usted. Pero ya que lo toma así...» No era exactamente una amenaza, aunque los tres hombres lo rodeaban de una manera que exigía la obediencia o la lucha abierta; a Rice le pareció que una cosa hubiera sido tan absurda o quizá tan falsa como la otra. «Howell entra ahora», dijo el hombre alto, mostrando el estrecho pasaje entre los bastidores. «Una vez allí haga lo que quiera, pero nosotros lamentaríamos que...» Lo decía amablemente, sin turbar el repentino silencio de la sala; el telón se alzó con un frotar de terciopelo, y los envolvió una ráfaga de aire tibio. «Yo que usted lo pensaría, sin embargo», agregó cansadamente el hombre alto. «Vaya, ahora.» Empujándolo sin empujarlo, los tres lo acompañaron hasta la mitad de los bastidores. Una luz violeta encegueció a Rice; delante había una extensión que le pareció infinita, y a la izquierda adivinó la gran caverna, algo como una gigantesca respiración contenida, eso que después de todo era el verdadero mundo donde poco a poco empezaban a recortarse pecheras blancas y quizá sombreros o altos peinados. Dio un paso o dos, sintiendo que las piernas no le respondían, y estaba a punto de volverse y retroceder a la carrera cuando Eva, levantándose precipitadamente, se adelantó y le tendió una mano que parecía flotar en la luz violeta al término de un brazo muy blanco y largo. La mano estaba helada, y Rice tuvo la impresión de que se crispaba un poco en la suya. Dejándose llevar hasta el centro de la escena, escuchó confusamente las explicaciones de Eva sobre su dolor de cabeza, la preferencia por la penumbra y la tranquilidad de la biblioteca, esperando que callara para adelantarse al proscenio y decir, en dos palabras, que los estaban estafando. Pero Eva parecía esperar que él se sentara en el sofá de gusto tan dudoso como el argumento de la pieza y los decorados, y Rice comprendió que era imposible, casi grotesco, seguir de pie mientras ella, tendiéndole otra vez la mano, reiteraba la invitación con una sonrisa cansada. Desde el sofá distinguió mejor las primeras filas de platea, apenas separadas de la escena por la luz que había ido virando del violeta a un naranja amarillento, pero curiosamente a Rice le fue más fácil volverse hacia Eva y sostener su mirada que de alguna manera lo ligaba todavía a esa insensatez, aplazando un instante más la única decisión posible a menos de acatar la locura y entregarse al simulacro. «Las tardes de este otoño son interminables», había dicho Eva buscando una caja de metal blanco perdida entre los libros y los papeles de la mesita baja, y ofreciéndole un cigarrillo. Mecánicamente Rice sacó su encendedor, sintiéndose cada vez más ridículo con la peluca y los anteojos; pero el menudo ritual de encender los cigarrillos y aspirar las primeras bocanadas era como una tregua, le permitía sentarse más cómodamente, aflojando la insoportable tensión del cuerpo que se sabía mirado por frías constelaciones invisibles. Oía sus respuestas a las frases de Eva, las palabras parecían suscitarse unas a otras con un mínimo esfuerzo, sin que se estuviera hablando de nada en concreto; un diálogo de castillo de naipes en el que Eva iba poniendo los muros del frágil edificio, y Rice sin esfuerzo intercalaba sus propias cartas y el castillo se alzaba bajo la luz anaranjada hasta que al terminar una prolija explicación que incluía

el nombre de Michael («Ya ha visto que Eva engaña a
Howell con Michael») y otros nombres y otros lugares,
un té al que había asistido la madre de Michael (¿o era la
madre de Eva?) y una justificación ansiosa y casi al borde
de las lágrimas, con un movimiento de ansiosa esperanza
Eva se inclinó hacia Rice como si quisiera abrazarlo o es-
perara que él la tomase en los brazos, y exactamente
después de la última palabra dicha con una voz clarísima,
junto a la oreja de Rice murmuró: «No dejes que me
maten», y sin transición volvió a su voz profesional para
quejarse de la soledad y del abandono. Golpeaban en la
puerta del fondo y Eva se mordió los labios como si
hubiera querido agregar algo más (pero eso se le ocurrió
a Rice, demasiado confundido para reaccionar a tiempo),
y se puso de pie para dar la bienvenida a Michael que
llegaba con la fatua sonrisa que ya había enarbolado insoportablemente en el primer acto. Una dama vestida de
rojo, un anciano: de pronto la escena se poblaba de gente
que cambiaba saludos, flores y noticias. Rice estrechó las
manos que le tendían y volvió a sentarse lo antes posible
en el sofá, escudándose tras de otro cigarrillo; ahora la
acción parecía prescindir de él y el público recibía con
murmullos satisfechos una serie de brillantes juegos de
palabras de Michael y de los actores de carácter, mientras
Eva se ocupaba del té y daba instrucciones al criado.
Quizá fuera el momento de acercarse a la boca del escenario, dejar caer el cigarrillo y aplastarlo con el pie, a
tiempo para anunciar: «Respetable público...» Pero acaso
fuera más elegante (No dejes que me maten) esperar la
caída del telón y entonces, adelantándose rápidamente,
revelar la superchería. En todo eso había como un lado
ceremonial que no era penoso acatar; a la espera de su
hora, Rice entró en el diálogo que le proponía el anciano
caballero, aceptó la taza de té que Eva le ofrecía sin mirarlo de frente, como si se supiese observada por Michael
y la dama de rojo. Todo estaba en resistir, en hacer frente
a un tiempo interminablemente tenso, ser más fuerte que
la torpe coalición que pretendía convertirlo en un pelele.
Ya le resultaba fácil advertir cómo las frases que le diri-
gían (a veces Michael, a veces la dama de rojo, casi nunca

Eva, ahora) llevaban implícita la respuesta; que el pelele
contestara lo previsible, la pieza podía continuar. Rice
pensó que de haber tenido un poco más de tiempo para
dominar la situación, hubiera sido divertido contestar a
contrapelo y poner en dificultades a los actores; pero no
se lo consentirían, su falsa libertad de acción no permitía
más que la rebelión desaforada, el escándalo. *No dejes
que me maten*, había dicho Eva; de alguna manera, tan
absurda como todo el resto, Rice seguía sintiendo que
era mejor esperar. El telón cayó sobre una réplica sentenciosa y amarga de la dama de rojo, y los actores le
parecieron a Rice como figuras que súbitamente bajaran
un peldaño invisible: disminuidos, indiferentes (Michael
se encogía de hombros, dando la espalda y yéndose por
el foro), abandonaban la escena sin mirarse entre ellos,
pero Rice notó que Eva giraba la cabeza hacia él mientras
la dama de rojo y el anciano se la llevaban amablemente
del brazo hacia los bastidores de la derecha. Pensó en
seguirla, tuvo una vaga esperanza de camarín y conversación privada. «Magnífico», dijo el hombre alto, palmeán-
dole el hombro. «Muy bien, realmente lo ha hecho usted
muy bien.» Señalaba hacia el telón que dejaba pasar los
últimos aplausos. «Les ha gustado de veras. Vamos a
tomar un trago.» Los otros dos hombres estaban algo
más lejos, sonriendo amablemente, y Rice desistió de
seguir a Eva. El hombre alto abrió una puerta al final del
primer pasillo y entraron en una sala pequeña donde había
sillones desvencijados, un armario, una botella de whisky
ya empezada y hermosísimos vasos de cristal tallado.
«Lo ha hecho usted muy bien», insistió el hombre alto
mientras se sentaban en torno a Rice. «Con un poco de
hielo, ¿verdad? Desde luego, cualquiera tendría la garganta seca.» El hombre de gris se adelantó a la negativa
de Rice y le alcanzó un vaso casi lleno. «El tercer acto es
más difícil pero a la vez más entretenido para Howell»,
dijo el hombre alto. «Ya ha visto cómo se van descubriendo
los juegos.» Empezó a explicar la trama, ágilmente y sin
vacilar. «En cierto modo usted ha complicado las cosas»,
dijo. «Nunca me imaginé que procedería tan pasivamente
con su mujer; yo hubiera reaccionado de otra manera.»

«¿Cómo?», preguntó secamente Rice. «Ah, querido amigo, no es justo preguntar eso. Mi opinión podría alterar sus propias decisiones, puesto que usted ha de tener ya un plan preconcebido. ¿O no?» Como Rice callaba, agregó: «Si le digo eso es precisamente porque no se trata de tener planes preconcebidos. Estamos todos demasiado satisfechos para arriesgarnos a malograr el resto.» Rice bebió un largo trago de whisky. «Sin embargo, en el segundo acto usted me dijo que podía hacer lo que quisiera», observó. El hombre de gris se echó a reír, pero el hombre alto lo miró y el otro hizo un rápido gesto de excusa. «Hay un margen para la aventura o el azar, como usted quiera», dijo el hombre alto. «A partir de ahora le ruego que se atenga a lo que voy a indicarle, se entiende que dentro de la máxima libertad en los detalles.» Abriendo la mano derecha con la palma hacia arriba, la miró fijamente mientras el índice de la otra mano iba a apoyarse en ella una y otra vez. Entre dos tragos (le habían llenado otra vez el vaso) Rice escuchó las instrucciones para John Howell. Sostenido por el alcohol y por algo que era como un lento volver hacia sí mismo que lo iba llenando de una fría cólera, descubrió sin esfuerzo el sentido de las instrucciones, la preparación de la trama que debía hacer crisis en el último acto. «Espero que esté claro», dijo el hombre alto, con un movimiento circular del dedo en la palma de la mano. «Está muy claro», dijo Rice levantándose, «pero además me gustaría saber si en el cuarto acto...» «Evitemos las confusiones, querido amigo», dijo el hombre alto. «En el próximo intervalo volveremos sobre el tema, pero ahora le sugiero que se concentre exclusivamente en el tercer acto. Ah, el traje de calle, por favor.» Rice sintió que el hombre mudo le desabotonaba la chaqueta; el hombre de gris había sacado del armario un traje de tweed y unos guantes; mecánicamente Rice se cambió de ropa bajo las miradas aprobadoras de los tres. El hombre alto había abierto la puerta y esperaba; a lo lejos se oía la campanilla. «Esta maldita peluca me da calor», pensó Rice acabando el whisky de un solo trago. Casi en seguida se encontró entre nuevos bastidores sin oponerse a la amable presión de una mano en el codo.

«Todavía no», dijo el hombre alto, más atrás. «Recuerde
que hace fresco en el parque. Quizá, si se subiera el cuello
de la chaqueta... Vamos, es su entrada.» Desde un banco
al borde del sendero Michael se adelantó hacia él, salu-
dándolo con una broma. Le tocaba responder pasivamente
y discutir los méritos del otoño en Regent's Park, hasta
la llegada de Eva y la dama de rojo que estarían dando de
comer a los cisnes. Por primera vez —y a él lo sorprendió
casi tanto como a los demás— Rice cargó el acento en
una alusión que el público pareció apreciar y que obligó
a Michael a ponerse a la defensiva, forzándolo a emplear
los recursos más visibles del oficio para encontrar una
salida; dándole bruscamente la espalda mientras encendía
un cigarrillo, como si quisiera protegerse del viento,
Rice miró por encima de los anteojos y vio a los tres
hombres entre los bastidores, el brazo del hombre alto
que le hacía un gesto conminatorio. Rió entre dientes
(debía estar un poco borracho y además se divertía, el
brazo agitándose le hacía una gracia extraordinaria) antes
de volverse y apoyar una mano en el hombro de Michael.
«Se ven cosas regocijantes en los parques», dijo Rice.
«Realmente no entiendo que se pueda perder el tiempo
con cisnes o amantes cuando se está en un parque londinense.» El público rió más que Michael, excesivamente
interesado por la llegada de Eva y la dama de rojo. Sin
vacilar Rice siguió marchando contra la corriente, vio-
lando poco a poco las instrucciones en una esgrima feroz
y absurda contra actores habilísimos que se esforzaban
por hacerlo volver a su papel y a veces lo conseguían,
pero él se les escapaba de nuevo para ayudar de alguna
manera a Eva, sin saber bien por qué pero diciéndose
(y le daba risa, y debía ser el whisky) que todo lo que
cambiara en ese momento alteraría inevitablemente el
último acto *(No dejes que me maten)*. Y los otros se habían
dado cuenta de su propósito porque bastaba mirar por
sobre los anteojos hacia los bastidores de la izquierda para
ver los gestos iracundos del hombre alto, fuera y dentro
de la escena estaban luchando contra él y Eva, se inter-
ponían para que no pudieran comunicarse, para que ella
no alcanzara a decirle nada, y ahora llegaba el caballero

anciano seguido de un lúgubre chofer, había como un
momento de calma (Rice recordaba las instrucciones:
una pausa, luego la conversación sobre la compra de acciones, entonces la frase reveladora de la dama de rojo,
y telón), y en ese intervalo en que obligadamente Michael
y la dama de rojo debían apartarse para que el caballero
hablara con Eva y Howell de la maniobra bursátil (realmente no faltaba nada en esa pieza), el placer de estropear
un poco más la acción llenó a Rice de algo que se parecía
a la felicidad. Con un gesto que dejaba bien claro el profundo desprecio que le inspiraban las especulaciones arries-
gadas, tomó del brazo a Eva, sorteó la maniobra envol-
vente del enfurecido y sonriente caballero, y caminó con
ella oyendo a sus espaldas un muro de palabras ingeniosas
que no le concernían, exclusivamente inventadas para
el público, y en cambio sí Eva, en cambio un aliento tibio
apenas un segundo contra su mejilla, el leve murmullo
de su voz verdadera diciendo: «Quédate conmigo hasta
el final», quebrado por un movimiento instintivo, el
hábito que la hacía responder a la interpelación de la dama
de rojo, arrastrando a Howell para que recibiera en plena
cara las palabras reveladoras. Sin pausa, sin el mínimo
hueco que hubiera necesitado para poder cambiar el
rumbo que esas palabras daban definitivamente a lo que
habría de venir más tarde, Rice vio caer el telón. «Imbécil»,
dijo la dama de rojo. «Salga, Flora», ordenó el hombre
alto, pegado a Rice que sonreía satisfecho, «Imbécil»,
repitió la dama de rojo, tomando del brazo a Eva que
había agachado la cabeza y parecía como ausente. Un
empujón mostró el camino a Rice que se sentía perfectamente feliz. «Imbécil», dijo a su vez el hombre alto. El
tirón en la cabeza fue casi brutal, pero Rice se quitó él
mismo los anteojos y los tendió al hombre alto. «El whisky
no era malo», dijo. «Si quiere darme las instrucciones para
el último acto...» Otro empellón estuvo a punto de ti-
rarlo al suelo y cuando consiguió enderezarse, con una
ligera náusea, ya estaba andando a tropezones por una
galería mal iluminada; el hombre alto había desaparecido
y los otros dos se estrechaban contra él, obligándolo a
avanzar con la mera presión de los cuerpos. Había una

puerta con una lamparilla naranja en lo alto. «Cámbiese»,
dijo el hombre de gris alcanzándole su traje. Casi sin
darle tiempo de ponerse la chaqueta, abrieron la puerta
de un puntapié; el empujón lo sacó trastabillando a la
acera, el frío de un callejón que olía a basura. «Hijos de
perra, me voy a pescar una pulmonía», pensó Rice, me-
tiendo las manos en los bolsillos. Había luces en el extremo más alejado del callejón, desde donde venía el
rumor del tráfico. En la primera esquina (no le habían
quitado el dinero ni los papeles) Rice reconoció la entrada
del teatro. Como nada impedía que asistiera desde su
butaca al último acto, entró al calor del foyer, al humo
y las charlas de la gente en el bar; le quedó tiempo para
beber otro whisky, pero se sentía incapaz de pensar en
nada. Un poco antes de que se alzara el telón alcanzó a
preguntarse quién haría el papel de Howell en el último
acto, y si algún otro pobre infeliz estaría pasando por
amabilidades y amenazas y anteojos; pero la broma debía
terminar cada noche de la misma manera porque en seguida reconoció al actor del primer acto, que leía una
carta en su estudio y la alcanzaba en silencio a una Eva
pálida y vestida de gris. «Es escandaloso», comentó Rice
volviéndose hacia el espectador de la izquierda. «¿Cómo
se tolera que cambien de actor en mitad de una pieza?»
El espectador suspiró, fatigado. «Ya no se sabe con estos
autores jóvenes», dijo. «Todo es símbolo, supongo.»
Rice se acomodó en la platea saboreando malignamente el
murmullo de los espectadores que no parecían aceptar
tan pasivamente como su vecino los cambios físicos de
Howell; y sin embargo la ilusión teatral los dominó casi
en seguida, el actor era excelente y la acción se precipitaba
de una manera que sorprendió incluso a Rice, perdido en
una agradable indiferencia. La carta era de Michael, que
anunciaba su partida de Inglaterra; Eva la leyó y la devolvió en silencio; se sentía que estaba llorando contenida-
mente. *Quédate conmigo hasta el final*, había dicho Eva.
No dejes que me maten, había dicho absurdamente. Eva.
Desde la seguridad de la platea era inconcebible que
pudiera sucederle algo en ese escenario de pacotilla;
todo había sido una continua estafa, una larga hora de

pelucas y de árboles pintados. Desde luego la infaltable
dama de rojo invadía la melancólica paz del estudio donde
el perdón y quizá el amor de Howell se percibían en sus
silencios, en su manera casi distraída de romper la carta
y echarla al fuego. Parecía inevitable que la dama de rojo
insinuara que la partida de Michael era una estratagema,
y también que Howell le diera a entender un desprecio
que no impedía una cortés invitación a tomar el té. A Rice
lo divirtió vagamente la llegada del criado con la bandeja;
el té parecía uno de los recursos mayores del comedió-
grafo, sobre todo ahora que la dama de rojo maniobraba
en algún momento con una botellita de melodrama ro-
mántico mientras las luces iban bajando de una manera
por completo inexplicable en el estudio de un abogado
londinense. Hubo una llamada telefónica que Howell
atendió con perfecta compostura (era previsible la caída
de las acciones o cualquier otra crisis necesaria para el
desenlace); las tazas pasaron de mano en mano con las
sonrisas pertinentes, el buen tono previo a las catástrofes.
A Rice le pareció casi inconveniente el gesto de Howell
en el momento en que Eva acercaba los labios a la taza,
su brusco movimiento y el té derramándose sobre el
vestido gris. Eva estaba inmóvil, casi ridícula; en esa de-
tención instantánea de las actitudes (Rice se había ende-
rezado sin saber por qué, y alguien chistaba impaciente a
sus espaldas), la exclamación escandalizada de la dama
de rojo se superpuso al leve chasquido, a la mano de
Howell que se alzaba para anunciar algo, a Eva que torcía
la cabeza mirando al público como si no quisiera creer y
después se deslizaba de lado hasta quedar casi tendida en
el sofá, en una lenta reanudación del movimiento que
Howell pareció recibir y continuar con su brusca carrera
hacia los bastidores de la derecha, su fuga que Rice no
vio porque también él corría ya por el pasillo central sin
que ningún otro espectador se hubiera movido todavía.
Bajando a saltos la escalera, tuvo el tino de entregar su
talón en el guardarropa y recobrar el abrigo; cuando llegaba a la puerta oyó los primeros rumores del final de la
pieza, aplausos y voces en la sala; alguien del teatro corría
escaleras arriba. Huyó hacia Kean Street y al pasar junto

al callejón lateral le pareció ver un bulto que avanzaba
pegado a la pared; la puerta por donde lo habían expulsado
estaba entornada, pero Rice no había terminado de re-
gistrar esas imágenes cuando ya corría por la calle iluminada y en vez de alejarse de la zona del teatro bajaba otra
vez por Kingsway, previendo que a nadie se le ocurriría
buscarlo cerca del teatro. Entró en el Strand (se había
subido el cuello del abrigo y andaba rápidamente, con las
manos en los bolsillos) hasta perderse con un alivio que
él mismo no se explicaba en la vaga región de callejuelas
internas que nacían en Chancery Lane. Apoyándose contra
una pared (jadeaba un poco y sentía que el sudor le pegaba
la camisa a la piel) encendió un cigarrillo y por primera
vez se preguntó explícitamente, empleando todas las palabras necesarias, por qué estaba huyendo. Los pasos que
se acercaban se interpusieron entre él y la respuesta que
buscaba; mientras corría pensó que si lograba cruzar el
río (ya estaba cerca del puente de Blackfriars) se sentiría
a salvo. Se refugió en un portal, lejos del farol que alumbraba la salida hacia Watergate. Algo le quemó la boca;
se arrancó de un tirón la colilla que había olvidado, y
sintió que le desgarraba los labios. En el silencio que lo
envolvía trató de repetirse las preguntas no contestadas,
pero irónicamente se le interponía la idea de que sólo
estaría a salvo si alcanzaba a cruzar el río. Era ilógico,
los pasos también podrían seguirlo por el puente, por
cualquier callejuela de la otra orilla; y sin embargo eligió
el puente, corrió a favor de un viento que lo ayudó a
dejar atrás el río y perderse en un laberinto que no conocía hasta llegar a una zona mal alumbrada; el tercer alto
de la noche en un profundo y angosto callejón sin salida
lo puso por fin frente a la única pregunta importante,
y Rice comprendió que era incapaz de encontrar la respuesta. *No dejes que me maten*, había dicho Eva, y él había
hecho lo posible, torpe y miserablemente, pero lo mismo
la habían matado, por lo menos en la pieza la habían matado y él tenía que huir porque no podía ser que la pieza
terminara así, que la taza de té se volcara inofensivamente
sobre el vestido de Eva y sin embargo Eva resbalara
hasta quedar tendida en el sofá; había ocurrido otra cosa

sin que él estuviera allí para impedirlo, *quédate conmigo hasta el final*, le había suplicado Eva, pero lo habían echado del teatro, lo habían apartado de eso que tenía que suceder y que él, estúpidamente instalado en su platea, había contemplado sin comprender o comprendiéndolo desde otra región de sí mismo donde había miedo y fuga y ahora, pegajoso como el sudor que le corría por el vientre, el asco de sí mismo. «Pero yo no tengo nada que ver», pensó. «Y no ha ocurrido nada; no es posible que cosas así ocurran.» Se lo repitió aplicadamente: no podía ser que hubieran venido a buscarlo, a proponerle esa insensatez, a amenazarlo amablemente; los pasos que se acercaban tenían que ser los de cualquier vagabundo, unos pasos sin huellas. El hombre pelirrojo que se detuvo junto a él casi sin mirarlo, y que se quitó los anteojos con un gesto convulsivo para volver a ponérselos después de frotarlos contra la solapa de la chaqueta, era sencillamente alguien que se parecía a Howell, al actor que había hecho el papel de Howell y había volcado la taza de té sobre el vestido de Eva. «Tire esa peluca», dijo Rice, «lo reconocerán en cualquier parte». «No es una peluca», dijo Howell (se llamaría Smith o Rogers, y ni recordaba el nombre en el programa). «Qué tonto soy», dijo Rice. Era de imaginar que habían tenido preparada una copia exacta de los cabellos de Howell, así como los anteojos habían sido una réplica de los de Howell. «Usted hizo lo que pudo», dijo Rice, «yo estaba en la platea y lo vi; todo el mundo podrá declarar a su favor». Howell temblaba, apoyado en la pared. «No es eso», dijo. «Qué importa, si lo mismo se salieron con la suya.» Rice agachó la cabeza; un cansancio invencible lo agobiaba. «Yo también traté de salvarla», dijo, «pero no me dejaron seguir». Howell lo miró rencorosamente. «Siempre ocurre lo mismo», dijo como hablándose a sí mismo. «Es típico de los aficionados, creen que pueden hacerlo mejor que los otros, y al final no sirve de nada.» Se subió el cuello de la chaqueta, metió las manos en los bolsillos. Rice hubiera querido preguntarle: «¿Por qué ocurre siempre lo mismo? Y si es así, ¿por qué estamos huyendo?» El silbato pareció engolfarse en el callejón, buscándolos. Corrieron largo

rato a la par, hasta detenerse en algún rincón que olía a
petróleo, a río estancado. Detrás de una pila de fardos
descansaron un momento; Howell jadeaba como un perro
y a Rice se le acalambraba una pantorrilla. Se la frotó,
apoyándose en los fardos, manteniéndose con dificultad
sobre un solo pie. «Pero quizá no sea tan grave», murmuró. «Usted dijo que siempre ocurría lo mismo.» Howell
le puso una mano en la boca; se oían alternadamente dos
silbatos. «Cada uno por su lado», dijo Howell. «Tal vez
uno de los dos pueda escapar.» Rice comprendió que
tenía razón pero hubiera querido que Howell le contestara primero. Lo tomó de un brazo, atrayéndolo con toda
su fuerza. «No me deje ir así», suplicó. «No puedo seguir
huyendo siempre, sin saber.» Sintió el olor alquitranado
de los fardos, su mano como hueca en el aire. Unos pasos
corrían alejándose; Rice se agachó, tomando impulso,
y partió en la dirección contraria. A la luz de un farol vio
un nombre cualquiera: Rose Alley. Más allá estaba el río,
algún puente. No faltaban puentes ni calles por donde
correr.

Alguien de mi familia encontró hace poco en Buenos Aires unos papeles míos que habían entrado a formar parte de esa vaga región de las casas donde antiguos colchones, números de Para Ti, mosquiteros agujereados, juegos de té incompletos y latas vacías pero siempre útiles, o quizá llenas pero ya no se sabe de qué y por lo tanto peligrosas, van aglutinándose en un rincón favorecido por las pelusas, las arañas y las vagas esperanzas de los niños a la hora de la siesta; y me escribió con el cortés desconcierto del que se topa con algo que sale de las categorías domésticas y que sin llegar a ser resueltamente basura ocupa de todas maneras un sitio que podría servir más ventajosamente para un pan de jabón amarillo o ese dulce de tomate que se hace en la Argentina y del que guardo una nostalgia llena de sauces y amores imposibles. Incurrí en curiosidad por esas huellas que había dejado mi mano en otros tiempos (creyendo quemar, junto con las naves, todos los papeles un día de noviembre del cincuenta y uno): me llegó así un diario de un viaje por Chile hacia el cuarenta y dos, y una especie de cuentecito totalmente olvidado y muy tonto, donde justamente se trataba de una mano.

* Reproducido con autorización de «Siglo XXI, S. A.», México.

*Petulante, ingenuo y de un esteticismo ceniciento y Vernon Lee,
me enterneció por pasado, por indefenso.* Lo doy tal cual, pensando en esas palabras de Corot que cita Jean Cocteau en Opium *y
que traducen exactamente mi ternura:* «Esta mañana tuve el placer
extraordinario de ver de nuevo un cuadrito mío. No había nada
en él, pero era encantador y estaba como pintado por un pájaro.»

La dejaba entrar por la tarde, abriéndole un poco la hoja
de la ventana que da al jardín, y la mano descendía ligeramente por los bordes de la mesa de trabajo, apoyándose
apenas en la palma, los dedos sueltos y como distraídos,
hasta encontrar su sitio predilecto sobre el piano, en el
marco de un retrato, o a veces sobre la alfombra color vino.
Amaba yo aquella mano porque nada tenía de exigente
y sí mucho de pájaro y hoja seca. ¿Qué sabía ella de mí?
Sin titubear llegaba a mi ventana por las tardes, a veces
de prisa —con su pequeña sombra que, de pronto, se
proyectaba sobre los papeles— y como urgiendo que le
abriese; y otras lentamente, ascendiendo por los peldaños
de la hiedra donde, a fuerza de escalarla, había calado un
camino profundo. Las palomas de la casa la conocían
bien; con frecuencia escuchaba yo de mañana un arrullar
ansioso y sostenido, y era que la mano andaba por los
nidos, ahuecándose para contener los pechos de tiza de
las más jóvenes, la pluma áspera de los machos celosos.
Amaba las palomas y los bocales de agua fresca y clara;
cuántas veces la encontré al borde de un vaso de cristal,
con algún dedo levemente sumergido en el agua que se
complacía y danzaba. Nunca la toqué; comprendía que
hubiera sido desatar cruelmente los hilos de un acaecer
misterioso. Y muchos días anduvo la mano por mis cosas,
abrió libros y cuadernos, puso su índice —con el cual
sin duda leía— sobre mis poemas preferidos y fue como
si los aprobara pausadamente, verso a verso.

El tiempo transcurría. Los sucesos de fuera, que entonces me dolían y marcaban, empezaron a adelgazar sus
látigos que sólo de sesgo me alcanzaban. Descuidé la

aritmética, vi cubrirse de musgo mi más prolijo traje; apenas salía ahora de mi cuarto, a la espera cadenciosa de la mano, atisbando con esperanza el primer —y más lejano y hundido— roce en la hiedra.

Le puse nombres: me gustaba llamarla Dg, porque era un nombre que sólo se dejaba pensar, Incité su probable vanidad olvidando anillos y brazaletes sobre las repisas, espiando su actitud con secreta constancia. Alguna vez creí que se adornaría con las joyas, pero ella las estudiaba dando vueltas en torno y sin tocarlas, a semejanza de una araña desconfiada; y aunque un día llegó a ponerse un anillo de amatista fue sólo por un instante, y lo abandonó como si le quemara. Me apresuré entonces a esconder las joyas en su ausencia y desde entonces me pareció que estaba más contenta.

Así declinaron las estaciones, unas esbeltas y otras con semanas teñidas de luces violetas, sin que sus llamadas premiosas llegaran hasta nuestro ámbito. Todas las tardes volvía la mano, mojada con frecuencia por las lluvias otoñales, y la veía tenderse de espaldas sobre la alfombra, secarse prolijamente un dedo con otro, a veces con menudos saltos de cosa satisfecha. En los atardeceres de frío su sombra se teñía de violeta. Yo encendía entonces un brasero a mis pies y ella se acurrucaba y apenas bullía, salvo para recibir, displicente, un álbum con grabados o un ovillo de lana que le gustaba anudar y retorcer. Era incapaz, lo advertí pronto, de estarse largo rato quieta. Un día encontró una artesa con arcilla y se precipitó sobre ella; horas y horas modeló la arcilla mientras yo, de espaldas, fingía no preocuparme por su tarea. Naturalmente, modeló una mano. La dejé secar y la puse sobre el escritorio para probarle que su obra me agradaba. Era un error: a Dg terminó por molestarle la contemplación de ese autorretrato rígido y algo convulso. Cuando lo escondí, fingió por pudor no haberlo advertido.

Mi interés se tornó bien pronto analítico. Cansado de maravillarme, quise saber, invariable y funesto fin de toda aventura. Surgían las preguntas acerca de mi huésped:

¿Vegetaba, sentía, comprendía, amaba? Tendí lazos, apron-
té experimentos. Había advertido que la mano, aunque
capaz de leer, jamás escribía. Una tarde abrí la ventana y
puse sobre la mesa un lapicero, cuartillas en blanco y
cuando entró Dg me marché para no pesar sobre su ti-
midez. Por el ojo de la cerradura la vi cumplir sus paseos
habituales; luego, vacilante, fue hasta el escritorio y tomó el
lapicero. Oí el arañar de la pluma, y después de un tiempo
ansioso entré en el estudio. En diagonal y con letra perfila-
da, Dg había escrito: *Esta resolución anula todas las anteriores
hasta nueva orden.* Jamás pude lograr que volviese a escribir.

Transcurrido el período de análisis, comencé a querer
de verdad a Dg. Amaba su manera de mirar las flores
de los búcaros, su rotación acompasada en torno a una
rosa, aproximando la yema de los dedos hasta rozar los
pétalos, y ese modo de ahuecarse para envolver la flor,
sin tocarla, acaso su manera de aspirar la fragancia. Una
tarde en que cortaba las páginas de un libro, observé
que Dg parecía secretamente deseosa de imitarme. Salí
entonces a buscar más libros, y pensé que tal vez le agra-
daría tener su biblioteca propia. Encontré curiosas obras
que parecían escritas para manos, así como había otras
para labios o cabellos, y compré también un puñal diminuto. Cuando puse todo sobre la alfombra —su lugar
predilecto—, Dg lo observó con la cautela acostumbrada.
Parecía temerosa del puñal, y sólo días después se decidió
a tocarlo. Yo seguía cortando mis libros para infundirle
confianza, y una noche (¿he dicho que sólo al alba se
marchaba, llevándose las sombras?) principió ella a abrir
sus libros y a examinar las páginas. Pronto se desempeñó
con una destreza extraordinaria; el puñal entraba en las
carnes blancas u opalinas con gracia centelleante. Termi-
minada la tarea colocaba el cortapapeles sobre una repisa
donde había acumulado objetos de su preferencia: lanas,
dibujos, fósforos usados, un reloj pulsera, montoncitos
de ceniza, y descendía para tenderse de bruces en la alfombra y principiar la lectura. Leía a gran velocidad,
rozando las palabras con un dedo; cuando hallaba grabados,

se echaba entera sobre la página y parecía como dormida. Noté que mi selección de libros había sido acertada; volvía una y otra vez a ciertas páginas (*Etude de mains*, de Gautier, *Le gant de crin*, de Reverdy) y colocaba hebras de lana para recordarlas. Antes de irse, cuando yo ya dormía en mi diván, encerraba sus volúmenes en un pequeño mueble que a propósito le había destinado; y nunca hubo nada en desorden al despertar.

De esa manera sin razones —simplemente basada en la simplicidad del misterio—, convivimos un tiempo de estima y correspondencia. Toda indagación superada, toda sorpresa abolida, ¡qué acaecer total de perfección nos contenía! Nuestra vida, así, era una alabanza sin destino, canto puro y jamás presupuesto. Por la ventana entraba Dg y con ella era el ingreso de lo absolutamente mío, rescatado al fin de la limitación de los parientes y las obligaciones, recíproco en mi voluntad de complacer a la que de tal forma me liberaba. Y vivimos así, por un tiempo que no podría contar, hasta que la sanción de lo real vino a incidir en mi flaqueza. Una noche soñé: Dg se había enamorado de mis manos —la izquierda, sin duda, pues ella era diestra— y aprovechaba de mi sueño para raptar a la amada cortándola con el puñal. Desperté aterrado, comprendiendo por primera vez la locura de dejar un arma al alcance de tanto misterio. Busqué a Dg, aún batido por las turbias aguas de la visión; estaba acurrucada en la alfombra y en verdad parecía atenta a los movimientos de mi mano izquierda. Me levanté y fui a guardar el puñal donde no pudiera alcanzarlo, pero después me arrepentí y se lo traje otra vez, esperando su perdón o su olvido. Ella estaba como desencantada y tenía los dedos entreabiertos en una indefinible sonrisa de tristeza.

Yo sé que no volverá más. Tan torpe conducta puso en su inocencia la altivez y el rencor. ¡Yo sé que no volverá más! ¿Por qué reprochármelo, palomas, clamando allá arriba por la mano que no retorna a acariciarlas? ¿Por qué afanarse así, rosa de Flandes, si ya no te incluirá nunca en sus dimensiones prolijas? Haced como yo, que he vuelto a sacar cuentas, a ponerme mi ropa, y que paseo por la ciudad el perfil de un habitante correcto.

Debemos a la doctora Margaret L. Tyler las imágenes más hermosas del presente relato. Su admirable poema Síntomas orientadores hacia los remedios más comunes del vértigo y cefaleas, *apareció en la revista* HOMEOPATIA *(publicada por la Asociación Médica Homeopática Argentina), año XIV, n.° 32, abril de 1946, páginas 33 ss.*

Asimismo agradecemos a Ireneo Fernando Cruz el habernos iniciado durante un viaje a San Juan en el conocimiento de las mancuspias.

Cuidamos las mancuspias hasta bastante tarde, ahora con el calor del verano se llenan de caprichos y versatilidades, las más atrasadas reclaman alimentación especial y les llevamos avena malteada en grandes fuentes de loza; las mayores están mudando el pelaje del lomo, de manera que es preciso ponerlas aparte, atarles una manta de abrigo y cuidar que no se junten de noche con las mancuspias que duermen en jaulas y reciben alimento cada ocho horas.

No nos sentimos bien. Esto viene desde la mañana, tal vez por el viento caliente que soplaba al amanecer, antes de que naciera este sol alquitranado que dio en la casa todo el día. Nos cuesta atender a los animales enfermos —esto se hace a las once— y revisar las crías después de la siesta. Nos parece cada vez más penoso andar, seguir la rutina; sospechamos que una sola noche de desatención sería funesta para las mancuspias, la ruina irreparable de nuestra vida. Andamos entonces sin reflexionar, cumpliendo uno tras otro los actos que el hábito escalona, deteniéndonos apenas para comer (hay trozos de pan en la mesa y sobre la repisa del living) o mirarnos en el espejo

que duplica el dormitorio. De noche caemos repentinamente en la cama, y la tendencia a cepillarnos los dientes
antes de dormir cede a la fatiga, alcanza apenas a susti-
tuirse por un gesto hacia la lámpara o los remedios. Afuera
se oye andar y andar en círculo a las mancuspias adultas.

No nos sentimos bien. Uno de nosotros es *Aconitum*, es
decir que debe medicamentarse con aconitum en dilu-
ciones altas si, por ejemplo, el miedo le ocasiona vértigo.
Aconitum es una violenta tormenta, que pasa pronto. De qué
otro modo describir el contraataque a una ansiedad que
nace de cualquier insignificancia, de la nada. Una mujer
se enfrenta repentinamente con un perro y comienza a
sentirse violentamente mareada. Entonces aconitum, y
al poco rato sólo queda un mareo dulce, con tendencia
a marchar hacia atrás (esto nos ocurrió, pero era un caso
Bryonia, lo mismo que sentir que nos hundíamos con,
o a través de la cama).

El otro, en cambio, es marcadamente *Nux Vomica*.
Después de llevar la avena malteada a las mancuspias, tal
vez por agacharse demasiado al llenar la escudilla, siente
de golpe como si le girara el cerebro, no que todo gire
en torno —el vértigo en sí— sino que la visión es la que
gira, dentro de él la conciencia gira como un giróscopo
en su arco, y afuera todo está tremendamente inmóvil,
sólo que huyendo e inasible. Hemos pensado si no será
más bien un cuadro de *Phosphorus*, porque además lo
aterra el perfume de las flores (o el de las mancuspias
pequeñas, que huelen débilmente a lila) y coincide física-
mente con el cuadro fosfórico: es alto, delgado, anhela
bebidas frías, helados y sal.

De noche no es tanto, nos ayudan la fatiga y el silencio
—porque el rondar de las mancuspias escande dulcemente
este silencio de la pampa— y a veces dormimos hasta el
amanecer y nos despierta un esperanzado sentimiento
de mejoría. Si uno de nosotros salta de la cama antes que
el otro, puede ocurrir con todo que asistamos conster-
nados a la repetición de un fenómeno *Camphora mono-
bromata*, pues cree que marcha en una dirección cuando
en realidad lo está haciendo en la opuesta. Es terrible,
vamos con toda seguridad hacia el baño, y de improviso

sentimos en la cara la piel desnuda del espejo alto. Casi siempre lo tomamos a broma, porque hay que pensar en el trabajo que espera y de nada serviría desanimarnos tan pronto. Se buscan los glóbulos, se cumplen sin comentarios ni desalientos las instrucciones del doctor Harbín. (Tal vez en secreto seamos un poco *Natrum muriaticum*. Típicamente, un natrum llora, pero nadie debe observarlo. Es triste, es reservado; le gusta la sal.)

¿Quién puede pensar en tantas vanidades si la tarea espera en los corrales, en el invernadero y en el tambo? Ya andan Leonor y el Chango alborotando fuera, y cuando salimos con los termómetros y las bateas para el baño, los dos se precipitan al trabajo como queriendo cansarse pronto, organizando su haraganeo de la tarde. Lo sabemos muy bien, por eso nos alegra tener salud para cumplir nosotros mismos con cada cosa. Mientras no pase de esto y no aparezcan las cefaleas, podemos seguir. Ahora es febrero, en mayo estarán vendidas las mancuspias y nosotros a salvo por todo el invierno. Se puede continuar todavía.

Las mancuspias nos entretienen mucho, en parte porque están llenas de sagacidad y malevolencia, en parte porque su cría es un trabajo sutil, necesitado de una precisión incesante y minuciosa. No tenemos por qué abundar, pero esto es un ejemplo: uno de nosotros saca las mancuspias madres de las jaulas de invernadero —son las 6.30 a.m.— y las reúne en el corral de pastos secos. Las deja retozar veinte minutos, mientras el otro retira los pichones de las casillas numeradas donde cada uno tiene su historia clínica, verifica rápidamente la temperatura rectal, devuelve a su casilla los que exceden los 37.1°, y por una manga de hojalata trae el resto a reunirse con sus madres para la lactancia. Tal vez sea éste el momento más hermoso de la mañana, nos conmueve el alborozo de las pequeñas mancuspias y sus madres, su rumoroso parloteo sostenido. Apoyados en la baranda del corral olvidamos la figura del mediodía que se acerca, de la dura tarde inaplazable. Por momentos tenemos un poco de miedo a mirar hacia el suelo del corral —un cuadro *Onosmodium* marcadísimo—, pero pasa y la luz nos salva

del síntoma complementario, de la cafelea que se agrava
con la oscuridad.

A las ocho es hora del baño, uno de nosotros va echando
puñados de sales Krüschen y afrecho en las bateas, la
otra dirige al Chango que trae cubos de agua tibia. A las
mancuspias madres no les agrada el baño, hay que to-
marlas con cuidado de las orejas y las patas, sujetándolas
como conejos, y sumergirlas muchas veces en la batea. Las
mancuspias se desesperan y erizan, eso es lo que queremos para que las sales penetren hasta la piel tan delicada.

A Leonor le toca dar de comer a las madres, y lo hace
muy bien; nunca vimos que errara en la distribución
de porciones. Se les da avena malteada, y dos veces por
semana leche con vino blanco. Desconfiamos un poco
del Chango, nos parece que se bebe el vino; sería mejor
guardar la bordalesa adentro, pero la casa es chica y luego
ese olor dulzón que rezuma en las horas de sol alto.

Tal vez esto que decimos fuera monótono e inútil si
no estuviese cambiando lentamente dentro de su repetición; en los últimos días —ahora que entramos en el
período crítico del destete— uno de nosotros ha debido
reconocer, con qué amargo asentimiento, el avance de
un cuadro *Silica*. Empieza en el momento mismo en que
nos domina el sueño, es un perder la estabilidad, un salto
adentro, un vértigo que trepa por la columna vertebral
hacia el interior de la cabeza; como el mismo trepar rep-
tante (no hay otra descripción) de las pequeñas mancuspias
por los pistes de los corrales. Entonces, de repente, sobre
el pozo negro del sueño donde ya caíamos deliciosamente,
somos ese poste duro y ácido al que trepan jugando las
mancuspias. Y es peor cerrando los ojos. Así se va el
sueño, nadie duerme con ojos abiertos, nos morimos de
cansancio pero basta un leve abandono para sentir el vértigo
que repta, un vaivén en el cráneo, como si la cabeza estuviera llena de cosas vivas que giran a su alrededor.
Como mancuspias.

Y es tan ridículo, se ha probado que a los enfermos
silica les falta sílice, arena. Y nosotros aquí, rodeados de
médanos, en un pequeño valle amenazado de médanos
inmensos, faltándonos arena cuando íbamos a dormirnos.

Contra la probabilidad de que esto avance, hemos preferido perder algún tiempo dosificándonos severamente; advertimos a las doce horas que la reacción es favorable, y la tarde de trabajo sucede sin obstáculos, apenas, quizá, un leve desacomodo de las cosas, de pronto como si los objetos se pararan delante nuestro, irguiéndose sin moverse; una sensación de arista viva en cada plano. Sospechamos un viraje a *Dulcamara*, pero no es fácil estar seguros.

En el aire flotan leves las pelusas de las mancuspias adultas, después de la siesta vamos con tijeras y unas bolsas de caucho al corral alambrado donde el Chango las reúne para la esquila. Ya en febrero hace fresco de noche, las mancuspias necesitan el pelo porque duermen estiradas y carecen de la protección que se dan a sí mismos los animales que se ovillan replegando las patas. Sin embargo pierden el pelo del lomo, pelechan despacio y a pleno aire, el viento alza del corral una fina niebla de pelos que cosquillean en la nariz y nos hostigan hasta dentro de la casa. Entonces reunimos a las mancuspias y les tusamos el lomo a media altura, cuidando no privarlas de calor; cuando cae ese pelo, demasiado corto para flotar en el aire, va formando un polvillo amarillento que Leonor moja con la manguera y junta diariamente en una bola de pasta que se tira al pozo.

Uno de nosotros tiene entretanto que aparear los machos con las mancuspias jóvenes, pesar los pichones mientras el Chango lee en voz alta los pesos del día anterior, verificar el adelanto de cada mancuspia y apartar a las atrasadas para someterlas a la sobrealimentación. Esto nos lleva hasta el anochecer; sólo falta la avena de la segunda comida que Leonor reparte en un momento, y encerrar a las mancuspias madres mientras las pequeñas chillan y se obstinan en seguir a su lado. Es el Chango quien se ocupa del aparte, ya nosotros estamos en la veranda controlando. A las ocho se cierran las puertas y ventanas; a las ocho nos quedamos solos adentro.

Antes era un momento dulce, el recuento de episodios y de esperanzas. Pero desde que no nos sentimos bien parece como si esta hora fuese más pesada. Vanamente

nos engañamos con el arreglo del botiquín —es frecuente
que el orden alfabético de los remedios se altere por descuido—: siempre al final nos vamos quedando callados
en la mesa, leyendo el manual de Alvarez de Toledo
(«Estúdiate a ti mismo») o el de Humphreys («Mentor
Homeopático»). Uno de nosotros ha tenido con intermi-
tencias una fase *Pulsatilla*, vale decir que tiende a mos-
trarse voluble, llorona, exigente, irritable. Esto aflora al
anochecer, y coincide con el cuadro *Petroleum* que afecta
al otro, un estado en el que todo —cosas, voces, recuerdos—
pasan por encima de él, entumeciéndolo y envarándolo.
Así es que no hay choque, apenas un sufrir paralelo y to-
lerable. Después, a veces, viene el sueño.

Tampoco quisiéramos poner en estas notas un énfasis
progresivo, un crecer articulándose hasta el estallido paté-
tico de la gran orquesta, tras la cual decrecen las voces y se
reingresa a una calma de hartazgo. A veces estas cosas
que inscribimos ya nos han ocurrido (como la gran cefalea
Gloninum el día en que nació la segunda camada de mancuspias), a veces es ahora o por la mañana. Creemos necesario documentar estas fases para que el doctor Harbín
las agregue a nuestra historia clínica cuando volvamos
a Buenos Aires. No somos hábiles, sabemos que de pronto
nos salimos del tema, pero el doctor Harbín prefiere
conocer los detalles circundantes de los cuadros. Ese roce
contra la ventana del baño que oímos de noche puede ser
importante. Puede ser un síntoma *Cannabis indica;* ya se
sabe que un cannabis indica tiene sensaciones exaltadas,
con exageración de tiempo y distancia. Puede ser una
mancuspia que se ha escapado y viene como todas a la luz.

Al principio éramos optimistas, todavía no hemos
perdido la esperanza de ganar una buena suma con la
venta de las crías jóvenes. Nos levantamos temprano,
midiendo el creciente valor del tiempo en la fase final, y
al principio casi no nos afecta la fuga del Chango y Leonor.
Sin preaviso, sin cumplir para nada el estatuto, se nos han
ido anoche los muy hijos de puta, llevándose el caballo
y el sulky, la manta de uno de nosotros, el farol a carburo,
el último número de *Mundo Argentino.* Por el silencio en
los corrales sospechamos su ausencia, hay que apurarse

a soltar las crías para la lactancia, preparar los baños, la avena malteada. Todo el tiempo pensamos que no se debe pensar en lo ocurrido, trabajamos sin admitir que ahora estamos solos, sin caballo para salvar las seis leguas hasta Puan, con provisiones para una semana, y rondados por linyeras inútiles ahora que en las otras poblaciones se ha difundido el rumor estúpido de que criamos mancuspias y nadie se arrima por miedo a enfermedades. Sólo trabajando con salud podemos tolerar una conjuración que nos agobia hacia mediodía, en el alto del almuerzo (una de nosotros prepara bruscamente una lata de lenguas y otra de arvejas, fríe jamón con huevos), que rechaza la idea de no dormir la siesta, nos encierra en la sombra del dormitorio con más dureza que las puertas a doble cerrojo. Recién ahora recordamos con claridad el mal dormir de la noche, ese vértigo curioso, transparente, si se nos permite inventar esta expresión. Al despertar, al levantarnos, mirando hacia adelante, cualquier objeto —pongamos, por ejemplo, el ropero— es visto rotando a velocidad variable y desviándose en forma inconstante hacia un costado (lado derecho); mientras al mismo tiempo, a través del remolino, se observa el mismo ropero parado firmemente y sin moverse. No hay que pensar mucho para distinguir allí un cuadro *Cyclamen*, de modo que el tratamiento actúa en pocos minutos y nos equilibra para la marcha y el trabajo. Mucho peor es advertir en plena siesta (cuando las cosas son tan ellas mismas, cuando el sol las repliega duramente en sus aristas) que en el corral de las mancuspias grandes hay agitación y parloteo, una renuncia súbita e inquietante al reposo que las engorda. No queremos salir, el sol alto sería la cefalea, cómo admitir ahora la posibilidad de cefalea cuando todo depende de nuestro trabajo. Pero habrá que hacerlo, crece la inquietud de las mancuspias y es imposible seguir en la casa cuando de los corrales llega un rumor nunca oído, entonces nos lanzamos fuera protegidos por cascos de corcho, nos separamos después de un precipitado conciliábulo, una de nosotros corre a las jaulas de las madres en tanto que el otro verifica los cierres de portones, el nivel del agua en el tanque australiano, la posible irrupción de una zorra o un gato montés. Apenas llegamos a la entrada de los corrales y ya nos enceguece el sol, como albinos vacilamos entre las llamaradas blancas, quisiéramos continuar el trabajo pero es tarde, el cuadro *Belladona* nos arrasa hasta precipitarnos agotados en la hondura sombría del galpón. Congestionados, cara roja y caliente; pupilas dilatadas. Pulsación violenta en cerebro y carótidas. Violentas punzadas y lanzazos. Cefalea como sacudidas. A cada paso sacudida hacia abajo como si hubiera un peso en el occipital. Cuchilladas y punzadas. Dolor de estallido; como si se empujara el cerebro; peor agachándose, como si el cerebro cayera hacia afuera, como si fuera empujado hacia adelante, o los ojos estuvieran por salirse. *(Como* esto, *como* aquello; pero nunca como es de veras.) Peor con los ruidos, sacudidas, movimiento, luz. Y de pronto cesa, la sombra y la frescura se la lleva en un instante, nos deja una maravillada gratitud, un deseo de correr y sacudir la cabeza, asombrarse de que un minuto antes... Pero está el trabajo, y ahora sospechamos que la inquietud de las mancuspias obedece a falta de agua fresca, a la ausencia de Leonor y el Chango —son tan sensibles que han de sentir de algún modo esa ausencia—, y un poco a que extrañan el cambio en las labores de la mañana, nuestra torpeza, nuestro apuro.

Como no es día de esquila, uno de nosotros se ocupa del apareo prefijado y del control de peso; es fácil advertir que de ayer a hoy las crías han desmejorado bruscamente. Las madres comen mal, huelen prolongadamente la avena malteada antes de dignarse morder la tibia pasta alimenticia. Cumplimos silenciosos las últimas tareas, ahora la venida de la noche tiene otro sentido que no queremos examinar ya no nos separamos como antes de un orden establecido y funcionando, de Leonor y el Chango y las mancuspias en sus sitios. Cerrar las puertas de la casa es dejar a solas un mundo sin legislación, librado a los sucesos de la noche y el alba. Entramos temerosos y prolijos, demorando el momento, incapaces de aplazarlo y por eso furtivos y esquivándonos, con toda la noche que espera como un ojo.

Por suerte tenemos sueño, la insolación y el trabajo

pueden más que una inquietud incomunicada, nos vamos quedando dormidos sobre los restos fríos que masticamos penosamente, los recortes de huevo frito y pan mojado en leche. Algo rasca otra vez en la ventana del baño, en el techo parecen oírse corrimientos furtivos; no sopla viento, es noche de luna llena y los gallos cantarían antes de medianoche, si tuviéramos gallos. Vamos a la cama sin hablar, distribuyéndonos casi a tientas la última dosis del tratamiento. Con la luz apagada —pero no está bien dicho, no hay luz apagada, simplemente falta la luz, la casa es un fondo de tiniebla y por fuera todo luna llena— queremos decirnos algo y es apenas un preguntarse por mañana, por la forma de conseguir el alimento, llegar al pueblo. Y nos dormimos. Una hora, no más, el hilo ceniciento que tira la ventana apenas se ha movido hacia la cama. De pronto estamos sentados a oscuras, oyendo a oscuras porque se oye mejor. Algo les pasa a las mancuspias, el rumor es ahora un clamoreo rabioso o aterrado, se distingue el aullido afilado de las hembras y el ulular más bronco de los machos, se interrumpen de pronto y por la casa se mueve como una ráfaga de silencio, entonces otra vez el clamoreo crece contra la noche y la distancia. No pensamos en salir, demasiado es estar oyéndolas, uno de nosotros duda si los alaridos son fuera o aquí porque hay momentos en que nacen como desde dentro, y a lo largo de esa hora entramos en un cuadro *Aconitum* donde todo se confunde y nada es menos cierto que su contrario. Sí, las cefaleas vienen con tal violencia que apenas se las puede describir. Sensación de desgarro, de quemazón en el cerebro, en el cuero cabelludo, con miedo, con fiebre, con angustia. Plenitud y pesadez en la frente, como si allí hubiera un peso que presionara hacia afuera: como si todo fuera arrancado por la frente. *Aconitum* es repentino; salvaje; peor por vientos fríos; con inquietud, angustia, miedo. Las mancuspias rondan la casa, inútil repetirnos que están en los corrales, que los candados resisten.

No advertimos el amanecer, hacia las cinco nos abate un sueño sin reposo del que salen nuestras manos a hora fija para llevar los glóbulos a la boca. Hace rato que golpean en la puerta del living, los golpes crecen con rabia

hasta que uno de nosotros deja que las zapatillas se pongan
sus pies y se arrastren hasta la llave. Es la policía con la
noticia del arresto del Chango; nos traen de vuelta el sulky,
allá sospecharon el robo y el abandono. Hay que firmar
una declaración, todo está bien, el sol alto y un gran silencio en los corrales. Los policías miran los corrales,
uno se tapa la nariz con el pañuelo, hace como que tose.
Decimos pronto lo que quieren, firmamos, y se van casi
corriendo, pasan lejos de los corrales y los miran, también
a nosotros nos han mirado, aventurando una ojeada al
interior (sale un aire estancado por la puerta), y se van
casi corriendo. Es muy curioso que estos brutos no
quieran espiar más, huyen como apestados, ya pasan al
galope por el camino del costado.

Una de nosotros parece decidir personalmente que el
otro irá en seguida a buscar alimento con el sulky, mientras
se cumple la tarea matinal. Subimos sin ganas, el caballo
está cansado porque lo han traído sin respiro, vamos
saliendo de a poco y mirando atrás. Todo está en orden,
entonces no eran las mancuspias las que hacían ruidos
en la casa, habrá que fumigar las ratas del tejado, asombra
el ruido que una sola rata puede hacer de noche. Abrimos
los corrales, juntamos las madres pero apenas queda
avena maltada y las mancuspias pelean ferozmente, se
arrancan pedazos de lomo y de cuello, les salta la sangre
y hay que separalas a látigo y gritos. Después de eso la
lactancia de las crías es penosa e imperfecta, se advierte
que los pichones están hambrientos, algunos vacilan al
correr o se apoyan en los alambrados. Hay un macho
muerto a la entrada de su jaula, inexplicablemente. Y el
caballo se resiste a trotar, ya estamos a diez cuadras de la
casa y todavía al paso, con la cabeza caída y resollando.
Desanimados emprendemos la vuelta, llegamos para ver
cómo los últimos restos de alimento se pierden en un
revuelo de pelea.

Volvemos sin obstinarnos a la veranda. En el primer
peldaño hay un pichón de mancuspia muriéndose. Lo
alzamos, lo ponemos en un canasto con paja, quisiéramos
saber qué tiene pero se muere con la muerte oscura de
los animales. Y los candados estaban intactos, no se sabe

cómo pudo escapar esta mancuspia, si su muerte es la
escapatoria o si ha escapado porque se estaba muriendo.
Le echamos diez glóbulos de *Nux Vomica* en el pico, se
quedan ahí como perlitas, ya no puede tragar. Desde
donde estamos se ve a un macho caído sobre las manos;
intenta alzarse con una sacudida, pero vuelve a caer como
si rezara.

Nos parece oír gritos, tan cerca nuestro que miramos
hasta debajo de las sillas de paja de la veranda; el doctor
Harbín nos ha prevenido contra las reacciones animales
que atacan de mañana, no habíamos pensado que pudiera
ser una cefalea así. Dolor occipital, de tanto en tanto un
grito: cuadro de *Apis*, dolores como picaduras de abejas.
Doblamos la cabeza hacia atrás, o la hundimos contra la
almohada (en algún momento hemos llegado a la cama).
Sin sed, pero sudando; orina escasa, gritos penetrantes.
Como magullados, sensibles al tacto; en un momento
nos dimos la mano y fue terrible. Hasta que cesa, paulatina,
dejándonos el temor de una repetición con variante animal,
como ya una vez: tras de la abeja, el cuadro de la serpiente.
Son las dos y media.

Preferimos completar estos informes mientras dura la
luz y estamos bien. Uno de nosotros debería ir ahora al
pueblo, si pasa la sienta se nos hará muy tarde para volver,
y quedarnos solos toda la noche en la casa, quizá sin poder
medicamentarnos... La siesta se estanca silenciosa, hace
calor en las piezas, si vamos hasta la veranda nos rechaza
el color de tiza de la tierra, los galpones, los tejados. Han
muerto otras mancuspias pero el resto calla, sólo de cerca
se les oiría jadear. Uno de nosotros cree que alcanzaremos
a venderlas, que debemos ir al pueblo. El otro hace estos
apuntes y ya no cree en mucho. Que pase el calor, que sea
de noche. Salimos casi a las siete, todavía hay unos puñados de alimento en el galpón, sacudiendo las bolsas
cae un polvillo de avena que juntamos preciosamente.
Ellas lo olfatean y la agitación en las jaulas es violenta.
No nos atrevemos a soltarlas, es mejor poner una cu-
charada de pasta en cada jaula, así parece que están más
satisfechas, que es más justo. Ni siquiera sacamos las mancuspias muertas, no nos explicamos cómo hay diez jaulas

vacías, cómo parte de las crías anda mezclada con los
machos en el corral. Se ve apenas, ahora anochece de
golpe y el Chango nos robó el farol a carburo.

Parece como si en el camino, contra el monte de sauces,
hubiera gente. Sería el momento de llamar para que alguien
fuese al pueblo; todavía hay tiempo. A veces pensamos si
no nos espían, la gente es tan ignorante y nos tiene tan
entre ojos. Preferimos no pensar y cerramos la puerta con
delicia, replegados a la casa donde todo es más nuestro.
Quisiéramos consultar los manuales para precavernos de
un nuevo *Apis*, o del otro animal todavía peor; dejamos
la cena y leemos en voz alta, casi sin oír. Algunas frases
suben sobre las otras, y afuera es igual, algunas mancuspias
aúllan más alto que el resto, perduran y repiten un ulular
lancinante. «*Crotalus cascavella* tiene alucinaciones pecu-
liares...» Uno de nosotros repite la mención, nos alegra
comprender tan bien el latín, crótalo cascabel, pero es
decir lo mismo porque cascabel equivale a crótalo. Quizá
el manual no quiere impresionar a los enfermos comunes
con la mención directa del animal. Y sin embargo lo nom-
bra, esta terrible serpiente... «cuyo veneno actúa con
espantosa intensidad». Tenemos que forzar la voz para
oírnos entre el clamor de las mancuspias, otra vez las sentimos cerca de la casa, en los techos, rascando las ventanas, contra los dinteles. De alguna manera no es ya raro,
por la tarde vimos tantas jaulas abiertas, pero la casa está
cerrada y la luz en el comedor nos envuelve en una fría
protección mientras nos ilustramos a gritos. Todo está
claro en el manual, un lenguaje directo para enfermos sin
prejuicios, la descripción del cuadro: cefalea y gran exci-
citación, causadas por comenzar a dormir. (Pero por
suerte no tenemos sueño.) El cráneo comprime el cerebro
como un casco de acero —bien dicho. Algo viviente
camina en círculo dentro de la cabeza. (Entonces ls casa
es nuestra cabeza, la sentimos rondada, cada ventana es
una oreja contra el aullar de las mancuspias ahí afuera.)
Cabeza y pecho comprimidos por una armadura de hierro.
Un hierro al rojo hundido en el vertex. No estamos seguros sobre el vertex, hace un momento que la luz vacila,
cede poco a poco, nos olvidamos de poner en marcha el

molino por la tarde. Cuando ya no se puede leer encendemos una vela junto al manual para terminar de enterarnos de los síntomas, es mejor saber por si más tarde — Dolores lancinantes agudos en sien derecha, esta terrible serpiente cuyo veneno actúa con espantosa intensidad (ya leímos eso, es difícil alumbrar el manual con una vela), algo viviente camina en círculo dentro de la cabeza, también lo leímos y es así, algo viviente camina en círculo. No estamos inquietos, peor es afuera, si hay afuera. Por sobre el manual nos estamos mirando, y si uno de nosotros alude con un gesto al aullar que crece más y más, volvemos a la lectura como seguros de que todo eso está ahora ahí, donde algo viviente camina en círculo aullando contra las ventanas, contra los oídos, el aullar de las mancuspias muriéndose de hambre.

A la memoria de don Jacinto Cúcaro, que en las clases de pedagogía del Normal «Mariano Acosta», allá por el año 30, nos contaba las peleas de Suárez.

Qué le vas a hacer, ñato, cuando estás abajo todos te fajan. Todos, che, hasta el más maula. Te sacuden contra las sogas, te encajan la biaba. Andá, andá, qué venís con consuelos, vos. Te conozco, mascarita. Cada vez que pienso en eso, salí de ahí, salí. Vos te creés que yo me desespero, lo que pasa es que no doy más aquí tumbado todo el día. Pucha que son largas las noches de invierno, te acordás del pibe del almacén cómo lo cantaba. Pucha que son largas... Y es así, ñato. Más largas que esperanza'e pobre. Fijáte que yo a la noche casi no la conozco, y venir a encontrarla ahora... Siempre a la cama temprano, a las nueve o a las diez. El patrón me decía: «Pibe, andáte al sobre, mañana hay que meterle duro y parejo.» Una noche que me le escapaba era una casualidad. El patrón... Y ahora todo el tiempo así, mirando el techo. Ahí tenés otra cosa que no sé hacer, mirar p'arriba. Todos dijeron que me hubiera convenido, que hice la gran macana de levantarme a los dos segundos, cabrero como la gran flauta. Tienen razón, si me quedo hasta los ocho no me agarra tan mal el rubio.

Y bueno, es así. Pa peor la tos. Después te vienen con
el jarabe y los pinchazos. Pobre la hermanita, el trabajo
que le doy. Ni mear solo puedo. Es buena la hermanita,
me da leche caliente y me cuenta cosas. Quién te iba a
decir, pibe. El patrón me llamaba siempre pibe. Dale
áperca, pibe. A la cocina, pibe. Cuando pelié con el negro
en Nueva York el patrón andaba preocupado. Yo lo
juné en el hotel antes de salir. «Lo fajás en seis rounds,
pibe», pero fumaba como loco. El negro, cómo se llamaba
el negrito, Flores o algo así. Duro de pelar, che. Un estilo
lindo, me sacaba distancia vuelta a vuelta. Aperca, pibe,
metéle áperca. Tenía razón el trompa. Al tercero se me
vino abajo como un trapo. Amarillo, el negro. Flores,
creo, algo así. Mirá cómo uno se ensarta, al principio me
pareció que el rubio iba a ser más fácil. Lo que es la confianza, ñato. Me barajó de una piña que te la debo. Me
agarró en frío el maula. Pobre patrón, no quería creer.
Con qué bronca me levanté. Ni sentía las piernas, me lo
quería comer ahí nomás. Mala suerte, pibe. Todo el mundo
cobra a la final. La noche del Tani, te acordás pobre Tani,
qué biaba. Se veía que el Tani estaba de vuelta. Guapo el
indio, me sacudía con todo, dale que va, arriba, abajo.
No me hacía nada, pobre Tani. Y eso que cuando lo fui
a saludar al rincón me dolía bastante la cara, al fin y al
cabo me arrimó una buena leñada. Pobre Tani, vos sabés
que me miró, yo le puse el guante en la cabeza y me reía
de contento, no me quería reír, te imaginás que no era de
él, pobre pibe. Me miró apenas, pero me hizo no sé qué.
Todos me agarraban, pibe lindo, pibe macho, ah criollo,
y el Tani quieto entre los de él, más chatos que cinco'e
queso. Pobre Tani. Por qué me acuerdo de él, decime un
poco. A lo mejor yo lo miré así al rubio esa noche. Qué
sé yo, para acordarme estaba. Qué biaba, hermano. Ahora
no vas a andar disimulando. Te fajó y se acabó. Lo malo
que yo no quería creer. Estaba acostado en el hotel, y el
patrón fumaba y fumaba, casi no había luz. Me acuerdo
que hacía calor. Después me pusieron hielo, fijáte un poco
yo con hielo. El trompa no decía nada, lo malo que no
decía nada. Te juro que tenía ganas de llorar, como cuando
ella... Pero para qué te vas a hacer mala sangre. Si llego

a estar solo, te juro que moqueo. «Mala pata, patrón»,
le dije. Qué más le iba a decir. El dale que dale al tabaco.
Fue suerte dormirme. Como ahora, cada vez que agarro
el sueño me saco la lotería. De día tenés la radio que trajo
la hermanita, la radio que... Parece mentira, ñato. Bueno,
te oís unos tanguitos y las transmisiones de los teatros.
¿Te gusta Canaro a vos? A mí Fresedo, che, y Pedro
Maffia. Si los habré visto en el ringside, me iban a ver
todas las veces. Podés pensar en eso, y se te acortan las
horas. Pero a la noche qué lata, viejo. Ni la radio, ni la
hermanita, y en une de esas te agarra la tos, y dale que
dale, y por ahí uno de otra cama se rechifla y te pega un
grito. Pensar que antes... Fijáte que ahora me cabreo más
que antes. En los diarios salía que yo de pibe los peleaba
a los carreros en la Quema. Puras macanas, che, nunca me
agarré a trompadas en la calle. Una o dos veces, y no por
mi culpa, te juro. Me podés creer. Cosas que pasan, estás
con la barra, caen otros y en una de esas se arma. No me
gustaba, pero cuando me metí la primera vez me di cuenta
que era lindo. Claro, cómo no va a ser lindo si el que
cobraba era el otro. De pibe yo peleaba de zurda, no sabés
lo que me gustaba fajar de zurda. Mi vieja se descompuso
la primera vez que me vio pelearme con uno que tenía
como treinta años. Se creía que me iba a matar, pobre
vieja. Cuando el tipo se vino al suelo no lo quería creer.
Te voy a decir que yo tampoco, creéme que las primeras
veces me parecía cosa de suerte. Hasta que el amigo del
trompa me fue a ver al club y me dijo que había que seguir.
Te acordás de esos tiempos, pibe. Qué pestos. Había cada
pesado que te la voglio dire. «Vos metéle nomás», decía
el amigo del patrón. Después hablaba de profesionales,
del Parque Romano, de River. Yo qué sabía, si nunca
tenía cincuenta guitas para ir a ver nada. También la
noche que me dio veinte pesos, qué alegrón. Fue con Tala,
o con aquel flaco zurdo, ya ni me acuerdo. Lo saqué en
dos vueltas, ni me tocó. Vos sabés que siempre mezquiné
la cara. Si me llego a sospechar lo del rubio... Vos creés
que tenés la pera de fierro, y en eso te la hacen sonar de
una piña. Qué fierro ni qué ocho cuartos. Veinte pesos,
pibe, imagináte un poco. Le di cinco a la vieja, te juro

que de compadre, pa mostrarle. La pobre me quería poner
agua de azahar en la muñeca resentida. Cosas de la vieja,
pobre. Si te fijás, fue la única que tenía esas atenciones,
porque la otra... Ahí tenés, apenas pienso en la otra, ya
estoy de vuelta en Nueva York. De Lanús casi no me
acuerdo, se me borra todo. Un vestido a cuadritos, sí,
ahora veo, y el zaguán de Don Furcio, y también las ma-
teadas. Cómo me tenían en esa casa, los pibes se juntaban
a mirarme por la reja, y ella siempre pegando algún re-
corte de *Crítica* o de *Ultima Hora* en el álbum que había
empezado, o me mostraba las fotos del *Gráfico*. ¿Vos
nunca te viste en foto? Te hace impresión la primera vez,
vos pensás pero ese soy yo, con esa cara. Después te das
cuenta que la foto es linda, casi siempre sos vos que estás
fajando, o al final con el brazo levantado. Yo venía con
mi Graham Paige, imaginate, me empilchaba para ir a verla,
y el barrio se alborotaba. Era lindo matear en el patio,
y todos me preguntaban qué sé yo cuánta cosa. Yo a veces
no podía creer que era cierto, de noche antes de dormirme
me decía que estaba soñando. Cuando le compré el terreno
a la vieja, qué barullo que hacían todos. El trompa era
el único que se quedaba tranquilo. «Hacés bien, pibe»,
decía, y dale al tabaco. Me parece estarlo viendo la primera
vez, en el club de la calle Lima. No, era en Chacabuco,
esperá que no me acuerdo, pero si era en Lima, infeliz,
no te acordás del vestuario todo de verde, con más mugre...
Esa noche el entrenador me presentó al patrón, resultaba
que eran amigos, cuando me dijo el nombre casi me agarro
de las sogas, apenas lo vi que me miraba yo pensé: «Vino
para verme pelear», y cuando el entrenador me lo presentó
me quería morir. El no me había dicho nunca nada, de
puro rana, pero hizo bien, así yo iba subiendo despacio,
sin engolosinarme. Como el pobre zurdito, que lo llevaron a River en un año, y en dos meses se vino abajo que
daba miedo. En ese entonces no era macana, pibe. Te
venía cada tano de Italia, cada gallego que te daba miedo,
y no te digo nada de los rubios. Claro que a veces la go-
zabas, como la vez del príncipe. Eso fue un plato, te juro,
el príncipe en el ringside y el patrón que me dice en el
camarín: «No te andés con vueltas, no te vayas a dejar

vistear que para eso los yonis son una luz», y te acordás
que decían que era el campeón de Inglaterra, o qué sé
yo qué cosa. Pobre rubio, lindo pibe. Me daba no sé qué
cuando nos saludamos, el tipo chamuyó una cosa que
andá a entendele, y parecía que te iba a salir a pelear con
galera. El patrón no te vayas a creer que estaba muy
tranquilo, te puedo decir que él nunca se daba cuenta de
cómo yo lo palpitaba. Pobre trompa, se creía que no me
daba cuenta. Che, y el príncipe ahí abajo, eso fue grande,
a la primera finta que me hace el rubio le largo la derecha
en gancho y se la meto justo justo. Te juro que me quedé
frío cuando lo vi patas arriba. Qué manera de dormir,
pobre tipo. Esa vez no me dio gusto ganar, más lindo
hubiera sido una linda agarrada, cuatro o cinco vueltas
como con el Tani o con el yoni aquél, Herman se llamaba,
uno que venía con un auto colorado y una pinta bárbara.
Cobró, pero fue lindo. Qué leñada, mama mía. No quería
aflojar y tenía más mañas que... Ahora que para mañas
el Brujo, che. De dónde me lo fueron a sacar a ése. Era
uruguayo, sabés, ya estaba acabado pero era peor que los
otros, se te pegaba como sanguijuela y andá sacátelo de
encima. Meta forcejeo, y el tipo con el guante por los ojos,
pucha me daba una bronca. Al final lo fajé feo, me dejó un
claro y lo entré con unas ganas... Muñeco al suelo, pibe.
Muñeco al suelo fastrás... Vos sabés que me habían hecho
un tango y todo. Todavía me acuerdo un cacho, *de Ma-
taderos al centro, y del centro a Nueva York...* Me lo cantaban
por todos lados, en los asados, por la radio... Era lindo
oírse en la radio, che, la vieja me escuchaba todas las
peleas. Y vos sabés que ella también me escuchaba, un
día me dijo que me había conocido por la radio, porque
el hermano puso la pelea con uno de los tanos... ¿Vos te
acordás de los tanos? Yo no sé de dónde los iba a sacar el
trompa, me los traía fresquitos de Italia, y se armaban
unas leñadas en River... Hasta me hizo pelear con dos
hermanos, con el primero fue colosal, al cuarto round
se pone a llover, ñato, y nosotros con ganas de seguirla
porque el tanito era de ley y nos fajábamos que era un
contento, y en eso empezamos a refalar y dale al suelo
yo, y al suelo él... Era una pantomima, hermano... La

suspendieron, qué macana. A la otra vez el tano cobró
por las dos, y el patrón me puso con el hermano, y otro
pesto... Qué tiempos, pibe, aquí sí era lindo pelear, con
toda la barra que venía, te acordás de los carteles y las
bocinas de auto, che, qué lío que armaban en la popular...
Una vez leí que el boxeador no oye nada cuando está
peleando, qué macana, pibe. Claro que oye, vos te creés
que yo no oía distinto entre los gringos, menos mal que
lo tenía al trompa en el rincón, áperca, pibe, dale áperca.
Y en el hotel, y los cafés, qué cosa tan rara, che, no te
hallabas ahí. Después el gimnasio, con esos tipos que te
hablaban y no les pescabas ni medio. Meta señas, pibe,
como los mudos. Menos mal que estaba ella y el patrón
para chamuyar, y podíamos matear en el hotel y de cuando
en cuando caía un criollo y dale con los autógrafos, y a
ver si me lo fajás bien a ese gringo pa que aprendan como
somos los argentinos. No hablaban más que del campeo-
nato, qué le vas a hacer, me tenían fe, che, y me daban
unas ganas de salir atropellando y no parar hasta el campeón. Pero lo mismo pensaba todo el tiempo en Buenos
Aires, y el patrón ponía los discos de Carlitos y los de
Pedro Maffia, y el tango que me hicieron, yo no sé si
sabés que me habían hecho un tango. Como a Legui,
igualito. Y una vez me acuerdo que fuimos con ella y el
patrón a una playa, todo el día en el agua, fue macanudo.
No te creas que podía divertirme mucho, siempre con el
entrenamiento y la comida cuidada, y nada que hacerle,
el trompa no me sacaba los ojos. «Ya te vas a dar el gusto,
pibe», me decía el trompa. Me acuerdo cuando la pelea
con Mocoroa, esa fue pelea. Vos sabés que dos meses
antes ya lo tenía al patrón dale que esa izquierda va mal,
que no te dejés entrar así, y me cambiaba los sparrings y
meta salto a la soga y bife jugoso... Menos mal que me
dejaba matear un poco, pero siempre me quedaba con sed
de verde. Y vuelta a empezar todos los días, tené cuidado
con la derecha, la tirás muy abierta, mirá que el coso no
es macana. Te creés que yo no lo sabía, más de una vez
lo fui a ver y me gustaba el pibe, no se achicaba nunca,
y un estilo, che. Vos sabés lo que es estilo, estás ahí y
cuando hay que hacer una cosa vas y la hacés sobre el

pucho, no como esos que la empiezan a zapallazo limpio,
dale que va, arriba abajo los tres minutos. Una vez en
El Gráfico un coso escribió que yo no tenía estilo. Me
dio una bronca, te juro. No te voy a decir que yo era como
Rayito, eso era para ir a verlo, pibe, y Mocoroa lo mismo.
Yo qué te voy a decir, al rato de empezar ya veía todo
colorado y le metía nomás, pero no te vas a creer que no
me daba cuenta, solamente que me salía y si me salía bien
para qué te vas a afligir. Vos ves cómo fue con Rayito,
está bien que no lo saqué pero lo pude. Y a Mocoroa igual,
qué querés. Flor de leñada, viejo, se me agachaba hasta
el suelo y de abajo me zampaba cada piña que te la debo.
Y yo meta a la cara, te juro que a la mitad ya estábamos
con bronca y dale nomás. Esa vez no sentí nada, el patrón
me agarraba la cabeza y decía pibe no te abrás tanto, dale
abajo, pibe, guarda la derecha. Yo le oía todo pero después
salíamos y meta biaba los dos, y hasta el final que no
podíamos más, fue algo grande. Vos sabés que esa noche
después de la pelea nos juntamos en un bodegón, estaba
toda la barra y fue lindo verlo al pibe que se reía, y me
dijo qué fenómeno, che, cómo fajás, y yo le dije te gané
pero para mí que la empatamos, y todos brindaban y era
un lío que no te puedo contar... Lástima esta tos, te agarra
descuidado y te dobla. Y bueno, ahora hay que cuidarse,
mucha leche y estar quieto, qué le vas a hacer. Una cosa
que me duele es que no te dejan levantar, a las cinco estoy
despierto y meta mirar p'arriba. Pensás y pensás, y siempre lo malo, claro. Y los sueños igual, la otra noche estaba
peleando de nuevo con Peralta. Por qué justo tengo que
venir a embocarla en esa pelea, pensá lo que fue, pibe,
mejor no acordarse. Vos sabés lo que es toda la barra ahí,
todo de nuevo como antes, no como en Nueva York,
con los gringos... Y la barra del ringside, toda la hinchada,
y unas ganas de ganar para que vieran que... Otra que
ganar, si no me salía nada, y vos sabés cómo pegaba
Víctor. Ya sé, ya sé, yo le ganaba con una mano, pero
a la vuelta era distinto. No tenía ánimo, che, el patrón
menos todavía, qué te vas a entrenar bien si estás triste.
Y bueno, yo aquí era el campeón y él me desafió, tenía
derecho. No le voy a disparar, no te parece. El patrón

pensaba que le podía ganar por puntos, no te abrás mucho
y no te cansés de entrada, mirá que aquél te va a boxear
todo el tiempo. Y claro, se me iba para todos lados, y
después que yo no estaba bien, con la barra ahí y todo te
juro que tenía un cansancio en el cuerpo... Como modorra,
entendés, no te puedo explicar. A la mitad de la pelea la
empecé a pasar mal, después no me acuerdo mucho.
Mejor no acordarse, no te parece. Son cosas que para qué.
Me quisiera olvidar de todo. Mejor dormirse, total aunque
soñés con las peleas a veces le acertás una linda y la gozás
de nuevo. Como cuando el príncipe, qué plato. Pero
mejor cuando no soñás, pibe, y estás durmiendo que es
un gusto y no tosés ni nada, meta dormir nomás toda la
noche dale que dale.

En ese juego todo tenía que andar rápido. Cuando el Número Uno decidió que había que liquidar a Romero y que el Número Tres se encargaría del trabajo, Beltrán recibió la información pocos minutos más tarde. Tranquilo pero sin perder un instante, salió del café de Corrientes y Libertad y se metió en un taxi. Mientras se bañaba en su departamento, escuchando el noticioso, se acordó de que había visto por última vez a Romero en San Isidro, un día de mala suerte en las carreras. En ese entonces Romero era un tal Romero, y él un tal Beltrán; buenos amigos antes de que la vida los metiera por caminos tan distintos. Sonrió casi sin ganas, pensando en la cara que pondría Romero al encontrárselo de nuevo, pero la cara de Romero no tenía ninguna importancia y en cambio había que pensar despacio en la cuestión del café y del auto. Era curioso que al Número Uno se le hubiera ocurrido hacer matar a Romero en el café de Cochabamba y Piedras, y a esa hora; quizá, si había que creer en ciertas informaciones, el Número Uno ya estaba un poco viejo. De todos modos la torpeza de la orden le daba una ventaja: podía sacar el auto del garaje, estacionarlo con el motor en marcha por el lado de Cochabamba, y quedarse esperando a que Romero llegara como siempre a encon-

81

trarse con los amigos a eso de las siete de la tarde. Si todo
salía bien evitaría que Romero entrase en el café, y al
mismo tiempo que los del café vieran o sospecharan su
intervención. Era cosa de suerte y de cálculo, un simple
gesto (que Romero no dejaría de ver, porque era un lince),
y saber meterse en el tráfico y pegar la vuelta a toda máquina. Si los dos hacían las cosas como era debido —y Beltrán estaba tan seguro de Romero como de él mismo—
todo quedaría despachado en un momento. Volvió a
sonreír pensando en la cara del Número Uno cuando más
tarde, bastante más tarde, lo llamara desde algún teléfono
público para informarle de lo sucedido.

Vistiéndose despacio, acabó el atado de cigarrillos y se
miró un momento al espejo. Después sacó otro atado del
cajón, y antes de apagar las luces comprobó que todo
estaba en orden. Los gallegos del garaje le tenían el Ford
como una seda. Bajó por Chacabuco, despacio, y a las
siete menos diez se estacionó a unos metros de la puerta
del café, después de dar dos vueltas a la manzana esperando
que un camión de reparto le dejara el sitio. Desde donde
estaba era imposible que los del café lo vieran. De cuando
en cuando apretaba un poco el acelerador para mantener
el motor caliente; no quería fumar, pero sentía la boca
seca y le daba rabia.

A las siete menos cinco vio venir a Romero por la
vereda de enfrente; lo reconoció en seguida por el cham-
bergo gris y el saco cruzado. Con una ojeada a la vitrina
del café, calculó lo que tardaría en cruzar la calle y llegar
hasta ahí. Pero a Romero no podía pasarle nada a tanta
distancia del café, era preferible dejarlo que cruzara la
calle y subiera a la vereda. Exactamente en ese momento,
Beltrán puso el coche en marcha y sacó el brazo por la
ventanilla. Tal como había previsto, Romero lo vio y se
detuvo sorprendido. La primera bala le dio entre los ojos,
después Beltrán tiró al montón que se derrumbaba. El
Ford salió en diagonal, adelantándose limpio a un tranvía
y dió la vuelta por Tacuarí. Manejando sin apuro, el
Número Tres pensó que la última visión de Romero
había sido la de un Beltrán, un amigo del hipódromo en
otros tiempos.

No me lo van a creer, es como en las cintas de biógrafo, las cosas son como vienen y vos las tenés que aceptar, si no te gusta te vas y la plata nadie te la devuelve. Como quien no quiere ya son veinte años y el asunto está más que prescrito, así que lo voy a contar y el que crea que macaneo se puede ir a freír buñuelos.

A Montes lo mataron en el bajo una noche de agosto. A lo mejor era cierto que Montes le había faltado a una mujer, y que el macho se lo cobró con intereses. Lo que yo sé es que a Montes lo mataron de atrás, de un tiro en la cabeza, y eso no se perdona. Montes y yo éramos carne y uña, siempre juntos en la timba y el café del negro Padilla, pero ustedes no se han de acordar del negro. También a él lo mataron, un día si quieren les cuento.

La cosa es que cuando me avisaron ya Montes había espichado y a gatas llegué para ver cómo la hermana se le tiraba encima y le daba la pataleta. Yo lo miré un rato a Montes que estaba con los ojos abiertos, y le juré que el otro no se la iba a llevar de arriba. Esa noche hablé con Barros y aquí es donde el cuento les va a parecer

macana. La cuestión es que Barros había sido el primero
en llegar cuando se oyó el tiro, y lo encontró a Montes
boqueando al lado de un paraíso. Barros que era una luz
hizo lo imposible para que le dijera quién había sido.
Montes quería hablar pero con un plomo en la cabeza
no debe ser nada fácil, así que Barros no le pudo sacar
gran cosa. De todas maneras Montes le alcanzó a decir,
fíjense lo que es el delirio de un moribundo, algo así como
«el del brazo azul», y después dijo una palabra que debía
ser «tatuaje», y por ahí sacamos que el mozo era marinero
y gracias. Dénse cuenta, con lo fácil que era decir López
o Fernández, pero con un balazo en el coco a cualquiera
se la doy. A lo mejor Montes no sabía cómo se llamaba
el otro, los tatuajes se ven pero un nombre hay que ave-
riguarlo y en una de ésas es de grupo.

Ahora ustedes se van a reír cuando les diga que ocho
días después Barros y yo lo localizamos al tipo, mientras
la mejor del mundo seguía meta batidas al cuete en el
puerto y por todas partes. Nosotros teníamos nuestros
rebusques, y no los voy a cansar con detalles. Pero no es
de eso que se van a reír, se van a reír de que el batidor no
nos pudo dar la filiación del tipo, en cambio nos avisó
que rajaba en un barco francés y que no iba de marinero,
iba de pasajero y dénse cuenta qué lujo. Por ahí sacamos
que el mozo estaba retirado de la profesión, pero aprovechaba que conocía mundo para hacerse humo. Lo único
que sabíamos era que viajaba de tercera y que era argentino. No hay que extrañarse, un gringo no lo hubiera
podido a Montes, pero lo más raro del caso es que el
batidor no nos pudo conseguir el apellido del mozo.
Mejor dicho le dieron uno que después resultó que no
figuraba entre los pasajeros. La gente a veces tiene miedo,
che, y a lo mejor el tipo que por treinta nacionales le pasó
el dato a nuestro batidor, le macaneó el nombre para
curarse en salud. O andá a saber si el mozo a última hora
no consiguió otros papeles. La cosa es que ahora sigue
el biógrafo, porque yo y Barros hablamos toda una noche,
y a la mañana me constituí en el Departamento y empecé
con los papeles. En aquel entonces no daba tanto trabajo
conseguir el pasaporte. Bueno, abreviando detalles la

cosa es que en el comité me palanquearon el pasaje, y una
noche a las diez este cuerpo estaba a bordo con destino
a Marsella, que es un apeadero de los franchutes. Ya les
estoy viendo la cara pero paciencia. Si quieren no lo sigo.
Y bueno, entonces echá más caña y háganse de cuenta
que están leyendo el conde de montecristo. Ya les previne
de entrada que estos casos no les ocurren a todos, aparte
que eran otros tiempos.

En el barco que iba casi vacío me dieron para mí solo
un camarote con cuatro camas, fíjense qué lujo. Podía
poner la ropa bien estirada, y me sobraba lugar. ¿Ustedes
viajaron a Europa, muchachos? Lo digo por reírme. Mirá,
es así: los camarotes daban a un pasillo, y por el pasillo
se iba a un cafecito que había en una punta; por el otro
lado trepabas una escalera y subías adelante del barco.
La primera noche me la pasé en la cubierta, mirando
Buenos Aires que se perdía de a poco. Pero al otro día
empecé a vichar alrededor. En Montevideo no se bajó
nadie, el barco ni atracó siquiera. Cuando le metimos
mar afuera, me aguanté los corcovos que me hacían las
tripas y que no se los deseo. La cosa no iba a ser difícil
porque en el café todo se sabe en seguida y resultó que de
los veintitantos de tercera había como quince polleras,
y el resto eran casi todos gallegos y tanos. No había más
que tres argentinos sin contarme a mí, y ya al rato estábamos los cuatro pegándole al truco y a la cerveza.

De los tres uno ya era viejo, aunque le hubiera podido
dar un susto al más pintado. Los otros dos andaban por
los treinta como yo. En seguida estuvimos como chanchos
con Pereyra, pero Lamas era más reservado y parecía
medio tristón. Yo paraba la oreja para ver cuál de los
tres hablaba con el lunfardo de los marineros, y por ahí
les soltaba comentarios a propósito del barco para ver
si alguno pisaba el palito. Al rato ya me di cuenta que iba
por mal camino, y que el interesado se cuidaba como de
mearse en la cama. Decían cada pavada sobre el barco
que hasta yo me daba cuenta. Y a todo esto hacía un frío
bárbaro y nadie se sacaba el saco ni la tricota.

Ya los tres me habían dicho que iban a Marsella, de
modo que en el Brasil estuve bien atento, pero era cierto

y ninguno se las tomó. Cuando empezó a apretar el calor
me puse en camiseta para dar el ejemplo, pero ellos andaban en mangas de camisa, y se las arrollaban hasta el
codo nada más. El viejo Ferro se reía al verme afilar con
la camarera, y me felicitaba por todos los colchones que
tenía en el camarote. Pereyra se tiraba también su buen
lance, y la Petrona que era una galleguita viva nos tenía
a los dos a mal traer. Y no hablemos de cómo se movía
el barco, y la puerca comida que nos daban.

Cuando me pareció que Pereyra atropellaba a fondo
con la Petrona, tomé mis disposiciones. Apenas me la
topé en el pasillo le dije que en mi camarote estaba entrando el agua. Me creyó y le cerré la puerta apenas estuvo
adentro. Al primer manotón me tiró una cachetada, pero
riéndose. Después estuvo mansita como oveja. Calculen
con todas esas camas, como decía Ferro. En realidad esa
noche no hicimos gran cosa, pero al otro día me le afirmé
de veras, y la verdad es que gallega y todo valía la pena.
Pucha si valía.

De pasada se lo dije a Lamas y a Pereyra, que al principio no lo querían creer o se hacían los asombrados. Lamas
se quedó callado como siempre, pero Pereyra estaba em-
balado y le vi las intenciones. Me hice el sonso y se fue
con todo lo que tenía. Esa noche la Petrona me faltó al
camarote, yo los había visto ya charlando del lado de los
baños. Les parecerá raro que la galleguita me largara tan
pronto, y va a ser mejor que les diga todo. Con un ca-
nario y la promesa de otro si me conseguía la información
necesaria, la Petrona había agarrado viaje al galope. Se
imaginarán que no le dije por qué quería saber si Pereyra
tenía alguna marca en el brazo; le hablé de una apuesta,
de cualquier pavada. Nos reíamos como locos.

A la mañana siguiente charlé largo con Lamas, sentados
en un rollo de sogas que había adelante del barco. Me dijo
que iba a Francia a trabajar de ordenanza en la embajada,
o una cosa así. Era un tipo callado, medio tristón, pero
conmigo se franqueaba bastante. Yo le buscaba los ojos,
y de repente se me pasaba por la memoria la cara de Montes
muerto, los gritos de la hermana, el velorio cuando lo
devolvieron de la autopsia. Me daban ganas de acorra-

larlo a Lamas y preguntarle derecho viejo si había sido él. Pero qué hubiera ganado, en esa forma lo echaba todo a perder. Mejor esperar que la Petrona cayera por mi camarote.

A eso de las cinco me golpeó la puerta. Venía muerta de risa y de entrada me anunció que Pereyra no tenía nada en los brazos. «Me sobró tiempo para mirarlo por todos lados», dijo, y se reía como loca. Yo pensé en Lamas que me había resultado el más simpático, y me di cuenta de los infeliz que es uno por dejarse llevar así. Qué simpático ni qué carajo. Si Ferro y Pereyra quedaban afuera, no había vuelta que darle. De pura bronca la tumbé ahí nomás a la Petrona, que no quería, y le di unos chirlos para activar la desvestida. No la largué hasta la hora de comer, y eso para no comprometerla con los tipos del buque que ya la andarían buscando. Quedamos en que volvería al otro día por la tarde, y me fui a comer. Nos habían puesto a los cuatro criollos en una mesa, lejos de los gallegos y los tanos, y yo lo tenía de frente a Lamas. No saben lo que me costaba mirarlo natural, pensando en Montes. Ahora ya no extrañaba que lo hubiera ventajeado a Montes, a cualquiera lo sobraba con ese aire reconcentrado que inspiraba confianza. A Pereyra ya ni lo tenía en cuenta, pero al final me llamó la atención que no decía nada de la Petrona, él que antes se la pasaba anunciando cómo se iba a encamar con la galleguita. Se me vino a la cabeza que tampoco ella me había hablado mucho del mozo, fuera de decirme lo importante. Por las dudas me quedé de guardia con la puerta entornada, y a eso de la medianoche la vi que se metía en el camarote de Pereyra. Me acosté y me quedé pensando.

Al otro día la Petrona no vino. La arrinconé en uno de los cuartos de baño y le pregunté qué le pasaba. Dijo que nada, que andaba con mucho trabajo.

—¿Anoche volviste con Pereyra? —le pregunté de sopetón.

—¿Yo? ¿Por qué? No, no volví —me mintió.

Que a uno le saquen la mujer no es para reírse, pero si encima de eso la culpa la tenés vos, se imaginarán que no le veía la gracia. Cuando la apremié para que me viniera a ver esa misma noche, se puso a llorar y dijo que el cabo o el capataz de a bordo la tenía entre ojos y se sospechaba lo ocurrido, que no quería perder el conchabo, y otras bolas parecidas. Creo que fue en ese momento que me di cuenta de la cosa y me quedé pensando. De la gallega no me importaba mucho, aunque el amor propio me comía la sangre. Pero había otras cosas más serias, y tuve toda la noche para pensarlas. La noche aquella también me sirvió para verla a la Petrona cuando se colaba de nuevo en el camarote de Pereyra.

Al otro día me las arreglé para charlar con el viejo Ferro. Hacía rato que no le desconfiaba, pero quería estar seguro. Me repitió con detalles que iba a Francia a visitar a su hija que se había casado con un franchute y tenía una punta de hijos. El viejo quería ver a los nietos antes de espichar, y andaba con la billetera llena de fotos de la familia. Pereyra se presentó tarde y con cara de dormido. También... Y Lamas andaba con un método para aprender el francés. Fíjense qué compañía, che.

La cosa siguió así hasta la víspera de llegar a Marsella. Aparte de acorralarla una o dos veces en los pasillos, no pude conseguir que la Petrona volviera a mi camarote. Ya ni se acordaba de la plata prometida, y eso que se la mencionaba cada vez. Como ponía cara de asco al oír hablar de los pesos que le debía, me afirmé en mi idea y vi todo bien clarito. La noche antes de llegar me la encontré tomando fresco en la cubierta. Pereyra estaba al lado y se hizo el inocente al verme pasar. Yo esperé la ocasión y a la hora de ir a dormir la atajé a la galleguita que andaba muy atareada.

—¿No vas a venir? —le pregunté, haciéndole una caricia en las ancas.

Se echó atrás como si hubiera visto al diablo, pero después disimuló.

—No puedo —dijo—. Ya te expliqué que me tienen vigilada.

Me daban ganas de partirle la jeta de un revés, para que no siguiera tomándome pal churrete, pero me contuve. Ya no quedaba tiempo para pavadas.

—Decime —le pregunté—. ¿Estás bien segura de lo

que me dijiste de Pereyra? Mirá que es importante, y a lo
mejor no te fijaste bien.

Le vi en los ojos las ganas de reírse que tenía, mezcladas con miedo.

—Pero sí, ya te dije que no tenía nada. ¿Qué querés,
que vaya otra vez con él para estar más segura?

Y se sonreía, la muy perra, convencida de que yo estaba
en la luna. Le pegué un chirlo liviano y me volví al camarote. Ahora no me interesaba espiar si la Petrona se
metía en lo de Pereyra.

Por la mañana ya tenía mi valija lista y lo necesario
en la faja. El franchute que atendía el café champurreaba
un poco el español y me había explicado que al llegar
a Marsella la policía subía a bordo y revisaba los docu-
mentos. Recién después de eso daban permiso de des-
embarco. Nos pusimos todos en fila, y fuimos pasando
de a uno para mostrar los papeles. Yo lo dejé ir primero
a Pereyra, y cuando estábamos del otro lado lo agarré
de un brazo y lo invité a despedirnos en mi camarote
con un trago de caña. Como ya la había probado y le
gustaba, vino en seguida. Cerré la puerta con pasador y
me quedé mirándolo.

—¿Y la caña? —dijo él, pero cuando vio lo que tenía
en la mano se puso blanco y se echó atrás—. No seas
animal... Por una mujer como ésa... —me alcanzó a decir.

El camarote resultaba estrecho, tuve que saltar por
arriba del finado para tirar el facón al agua. Aunque ya
sabía que era al ñudo, me agaché para ver si la Petrona
no me había mentido. Agarré la valija, cerré con llave el
camarote y salí. Ferro ya estaba en la planchada y me
saludó a gritos. Lamas esperaba turno, callado como
siempre. Me le acerqué y le dije un par de cosas a la oreja.
Creí que se iba a caer redondo, pero no era más que la
impresión. Pensó un momento y estuvo de acuerdo.
Yo sabía hacía rato que iba a estar de acuerdo. Secreto
por secreto, los dos cumplimos. De él nunca supe más
nada, después que me acomodó entre sus amigos franchutes. A los tres años ya pude volverme. Tenía unas
ganas de ver Buenos Aires...

Al atardecer Florencio bajó con la nena hasta la cabaña, siguiendo el sendero lleno de baches y piedras sueltas que sólo Mariano y Zulma se animaban a franquear con el yip. Zulma les abrió la puerta, y a Florencio le pareció que tenía los ojos como si hubiera estado pelando cebollas. Mariano vino desde la otra pieza, les dijo que entraran, pero Florencio solamente quería pedirles que guardaran a la nena hasta la mañana siguiente porque tenía que ir a la costa por un asunto urgente y en el pueblo no había nadie a quien pedirle el favor. Por supuesto, dijo Zulma, déjela nomás, le pondremos una cama aquí abajo. Pase a tomar una copa, insistió Mariano, total cinco minutos. Pero Florencio había dejado el auto en la plaza del pueblo y tenía que seguir viaje en seguida; les agradeció, le dio un beso a su hijita que ya había descubierto la pila de revistas en la banqueta; cuando se cerró la puerta Zulma y Mariano se miraron casi interrogativamente, como si todo hubiera sucedido demasiado pronto. Mariano se encogió de hombros y volvió a su taller donde estaba encolando un viejo sillón; Zulma le preguntó a la nena si tenía hambre, le propuso que jugara con las revistas, en la despensa había una pelota y una red para cazar mariposas; la nena dio las gracias y se puso a mirar las revistas; Zulma la observó un momento mientras preparaba los alcauciles para la noche, y pensó que podía dejarla jugar sola.

Ya atardecía temprano en el sur, apenas les quedaba un mes antes de volver a la capital, entrar en la otra vida del invierno que al fin y al cabo era una misma sobrevivencia, estar distantemente juntos, amablemente amigos, respetando y ejecutando las múltiples nimias delicadas ceremonias convencionales de la pareja, como ahora que Mariano necesitaba una de las hornallas para calentar el tarro de cola y Zulma sacaba del fuego la cacerola de papas diciendo que después terminaría de cocinarlas, y Mariano agradecía porque el sillón ya estaba casi terminado y era mejor aplicar la cola de una sola vez, pero claro, calentala nomás. La nena hojeaba las revistas en el fondo de la gran pieza que servía de cocina y comedor, Mariano le buscó unos caramelos en la despensa; era la hora de salir al jardín para tomar una copa mirando anochecer en las colinas; nunca había nadie en el sendero, la primera casa del pueblo se perfilaba apenas en lo más alto; delante de ellos la falda seguía bajando hasta el fondo del valle ya en penumbras. Serví nomás, vengo en seguida, dijo Zulma. Todo se cumplía cíclicamente, cada cosa en su hora y una hora para cada cosa, con la excepción de la nena que de golpe desajustaba levemente el esquema; un banquito y un vaso de leche para ella, una caricia en el pelo y elogios por lo bien que se portaba. Los cigarrillos, las golondrinas arracimándose sobre la cabaña; todo se iba repitiendo, encajando, el sillón ya estaría casi seco, encolado como ese nuevo día que nada tenía de nuevo. Las insignificantes diferencias eran la nena esa tarde, como a veces a mediodía el cartero los sacaba un momento de la soledad con una carta para Mariano o para Zulma que el destinatario recibía y guardaba sin decir una palabra. Un mes más de repeticiones previsibles, como ensayadas, y el yip cargado hasta el tope los devolvería al departamento de la capital, a la vida que sólo era

otra en las formas, el grupo de Zulma o los amigos pin-
tores de Mariano, las tardes de tiendas para ella y las
noches en los cafés para Mariano, un ir y venir separada-
mente aunque siempre se encontraran para el cumpli-
miento de las ceremonias bisagra, el beso matinal y los
programas neutrales en común, como ahora que Mariano
ofrecía otra copa y Zulma aceptaba con los ojos perdidos
en las colinas más lejanas, teñidas ya de un violeta profundo.

Qué te gustaría cenar, nena. A mí como usted quiera,
señora. A lo mejor no le gustan los alcauciles, dijo Mariano. Sí me gustan, dijo la nena, con aceite y vinagre
pero poca sal porque pica. Se rieron, le harían una vina-
greta especial. Y huevos pasados por agua, qué tal. Con
cucharita, dijo la nena. Y poca sal porque pica, bromeó
Mariano. La sal pica muchísimo, dijo la nena, a mi muñeca le doy el puré sin sal, hoy no la traje porque mi papá
estaba apurado y no me dejó. Va a hacer una linda noche,
pensó Zulma en voz alta, mirá qué transparente está el
aire hacia el norte. Sí, no hará demasiado calor, dijo Mariano entrando los sillones al salón de abajo, encendiendo
las lámparas al ventanal que daba al valle. Mecánicamente
encendió también la radio. Nixon viajará a Pekín, qué me
contás, dijo Mariano. Ya no hay religión, dijo Zulma, y
soltaron la carcajada al mismo tiempo. La nena se había
dedicado a las revistas y marcaba las páginas de las tiras
cómicas como si pensara leerlas dos veces.

La noche llegó entre el insecticida que Mariano pulve-
rizaba en el dormitorio de arriba y el perfume de una
cebolla que Zulma cortaba canturreando un ritmo pop
de la radio. A mitad de la cena la nena empezó a adormi-
larse sobre su huevo pasado por agua; le hicieron bromas,
la alentaron a terminar; ya Mariano le había preparado el
catre con un colchón neumático en el ángulo más alejado
de la cocina, de manera de no molestarla si todavía se
quedaban un rato en el salón de abajo, escuchando discos
o leyendo. La nena comió su durazno y admitió que tenía
sueño. Acuéstese, mi amor, dijo Zulma, ya sabe que si
quiere hacer pipí no tiene más que subir, le dejaremos
prendida la luz de la escalera. La nena los besó en la

mejilla, ya perdida de sueño, pero antes de acostarse eligió
una revista y la puso debajo de la almohada. Son increíbles,
dijo Mariano, qué mundo inalcanzable, y pensar que fue
el nuestro, el de todos. A lo mejor no es tan diferente,
dijo Zulma que destendía la mesa, vos también tenés
tus manías, el frasco de agua colonia a la izquierda y la
gillete a la derecha, y yo no hablemos. Pero no eran manías, pensó Mariano, más bien una respuesta a la muerte
y a la nada, fijar las cosas y los tiempos, establecer ritos
y pasajes contra el desorden lleno de agujeros y de man-
chas. Solamente que ya no lo decía en voz alta, cada vez
parecía haber menos necesidad de hablar con Zulma, y
Zulma tampoco decía nada que reclamara un cambio
de ideas. Llevá la cafetera, ya puse las tazas en la banqueta
de la chimenea. Fijate si queda azúcar en la azucarera, hay
un paquete nuevo en la despensa. No encuentro el tira-
buzón, esta botella de aguardiente pinta bien, no te parece.
Sí, lindo color. Ya que vas a subir, tráete los cigarrillos
que dejé en la cómoda. De veras que es bueno este aguardiente. Hace calor, no encontrás. Sí, está pesado, mejor
no abrir las ventanas, se va a llenar de mariposas y mosquitos.

Cuando Zulma oyó el primer ruido, Mariano estaba
buscando en las pilas de discos una sonata de Beethoven
que no había escuchado ese verano. Se quedó con la mano
en el aire, miró a Zulma. Un ruido como en la escalera
de piedra del jardín, pero a esa hora nadie venía a la cabaña, nadie venía nunca de noche. Desde la cocina encendió la lámpara que alumbraba la parte más cercana
del jardín, no vio nada y la apagó. Un perro que anda
buscando qué comer, dijo Zulma. Sonaba raro, casi como
un bufido, dijo Mariano. En el ventanal chicoteó una
enorme mancha blanca, Zulma gritó ahogadamente, Mariano de espaldas se volvió demasiado tarde, el vidrio
reflejaba solamente los cuadros y los muebles del salón.
No tuvo tiempo de preguntar, el bufido resonó cerca
de la pared que daba al norte, un relincho sofocado como
el grito de Zulma que tenía las manos contra la boca y se
pegaba a la pared del fondo, mirando fijamente el ventanal.
Es un caballo, dijo Mariano sin creerlo, suena como un

caballo, oí los cascos, está galopando en el jardín. Las crines, los belfos como sangrantes, una enorme cabeza blanca rozaba el ventanal, el caballo los miró apenas, la mancha blanca se borró hacia la derecha, oyeron otra vez los cascos, un brusco silencio del lado de la escalera de piedra, el relincho, la carrera. Pero no hay caballos por aquí, dijo Mariano que había agarrado la botella de aguardiente por el gollete antes de darse cuenta y volver a ponerla sobre la banqueta. Quiere entrar, dijo Zulma pegada a la pared del fondo. Pero no, qué tontería, se habrá escapado de alguna chacra del valle y vino a la luz. Te digo que quiere entrar, está rabioso y quiere entrar. Los caballos no rabian que yo sepa, dijo Mariano, me parece que se ha ido, voy a mirar por la ventana de arriba. No, no, quedate aquí, lo oigo todavía, está en la escalera de la terraza, está pisoteando las plantas, va a volver, y si rompe el vidrio y entra. No seas sonsa, qué va a romper, dijo débilmente Mariano, a lo mejor si apagamos las luces se manda mudar. No sé, no sé, dijo Zulma resbalando hasta quedar sentada en la banqueta, oí cómo relincha, está ahí arriba. Oyeron los cascos bajando la escalera, el resoplar irritado contra la puerta, a Mariano le pareció sentir como una presión en la puerta, un roce repetido, y Zulma corrió hacia él gritando histéricamente. La rechazó sin violencia, tendió la mano hacia el interruptor; en la penumbra (quedaba la luz de la cocina donde dormía la nena) el relincho y los cascos se hicieron más fuertes, pero el caballo ya no estaba delante de la puerta, se lo oía ir y venir en el jardín. Mariano corrió a apagar la luz de la cocina, sin siquiera mirar hacia el rincón donde habían acostado a la nena; volvió para abrazar a Zulma que sollozaba, le acarició el pelo y la cara, pidiéndole que se callara para poder escuchar mejor. En el ventanal, la cabeza del caballo se frotó contra el gran vidrio, sin demasiada fuerza, la mancha blanca parecía transparente en la oscuridad; sintieron que el caballo miraba al interior como buscando algo, pero ya no podía verlos y sin embargo seguía ahí, relinchando y resoplando, con bruscas sacudidas a un lado y otro. El cuerpo de Zulma resbaló entre los brazos de Mariano, que la ayudó a sentarse otra

vez en la banqueta, apoyándola contra la pared. No te
muevas, no digas nada, ahora se va a ir, verás. Quiere
entrar, dijo débilmente Zulma, sé que quiere entrar y si
rompe la ventana, qué va a pasar si la rompe a patadas.
Sh, dijo Mariano, cállate por favor. Va a entrar, murmuró
Zulma. Y no tengo ni una escopeta, dijo Mariano, le
metería cinco balas en la cabeza, hijo de puta. Ya no está
ahí, dijo Zulma levantándose bruscamente, lo oigo arriba,
si ve la puerta de la terraza es capaz de entrar. Está bien
cerrada, no tengas miedo, pensá que en la oscuridad no
va a entrar en una casa donde ni siquiera podría moverse,
no es tan idiota. Oh sí, dijo Zulma, quiere entrar, va a
aplastarnos contra las paredes, sé que quiere entrar. Sh, repitió Mariano que también lo pensaba, que no podía
hacer otra cosa que esperar con la espalda empapada de
sudor frío. Una vez más los casos resonaron en las lajas
de la escalera, y de golpe el silencio, los grillos lejanos,
un pájaro en el nogal de lo alto.

Sin encender la luz, ahora que el ventanal dejaba entrar
la vaga claridad de la noche, Mariano llenó una copa de
aguardiente y la sostuvo contra los labios de Zulma,
obligándola a beber aunque los dientes chocaban contra
la copa y el alcohol se derramaba en la blusa; después de
gollete, bebió un largo trago y fue hasta la cocina para
mirar a la nena. Con las manos bajo la almohada como si
sujetara la preciosa revista, dormía increíblemente y no
había escuchado nada, apenas parecía estar ahí mientras
en el salón el llanto de Zulma se cortaba cada tanto en
un hipo ahogado, casi un grito. Ya pasó, ya pasó, dijo
Mariano sentándose contra ella y sacudiéndola suavemente, no fue más que un susto. Va a volver, dijo Zulma
con los ojos clavados en el ventanal. No, ya andará lejos,
seguro que se escapó de alguna tropilla de allá abajo.
Ningún caballo hace eso, dijo Zulma, ningún caballo
quiere entrar así en una casa. Admito que es raro, dijo
Mariano, mejor echemos un vistazo afuera, aquí tengo
la linterna. Pero Zulma se había apretado contra la pared,
la idea de abrir la puerta, de salir hacia la sombra blanca
que podía estar cerca, esperando bajo los árboles, pronto
a cargar. Mirá, si no nos aseguramos que se ha ido nadie

va a dormir esta noche, dijo Mariano. Démosle un poco
más de tiempo, entre tanto vos te acostás y te doy tu calmante; dosis extra, pobrecita, te la has ganado de sobra.

Zulma acabó por aceptar, pasivamente; sin encender
las luces fueron hasta la escalera y Mariano mostró con
la mano a la nena dormida, pero Zulma apenas la miró,
subía la escalera trastrabillando, Mariano tuvo que suje-
tarla al entrar en el dormitorio porque estaba a punto de
golpearse en el marco de la puerta. Desde la ventana que
daba sobre el alero miraron la escalera de piedra, la terraza
más alta del jardín. Se ha ido, ves, dijo Mariano arreglando
la almohada de Zulma, viéndola desvestirse con gestos
mecánicos, la mirada fija en la ventana. Le hizo beber las
gotas, le pasó agua colonia por el cuello y las manos, alzó
suavemente la sábana hasta los hombros de Zulma que
había cerrado los ojos y temblaba. Le secó las mejillas,
esperó un momento y bajó a buscar la linterna; llevándola
apagada en una mano y con un hacha en la otra, entornó
poco a poco la puerta del salón y salió a la terraza inferior
desde donde podía abarcar todo el lado de la casa que daba
hacia el este; la noche era idéntica a tantas otras del verano,
los grillos chirriaban lejos, una rana dejaba caer dos gotas
alternadas de sonido. Sin necesidad de la linterna Mariano
vio la mata de lilas pisoteadas, las enormes huellas en el
cantero de pensamientos, la maceta tumbada al pie de la
escalera; no era una alucinación, entonces, y desde luego
valía más que no lo fuera; por la mañana iría con Florencio
a averiguar en las chacras del valle, no se la iban a llevar
de arriba tan fácilmente. Antes de entrar enderezó la
maceta, fue hasta los primeros árboles y escuchó larga-
mente los grillos y la rana; cuando miró hacia la casa,
Zulma estaba en la ventana del dormitorio, desnuda,
inmóvil.

La nena no se había movido, Mariano subió sin hacer
ruido y se puso a fumar al lado de Zulma. Ya ves, se ha
ido, podemos dormir tranquilos, mañana veremos. Poco
a poco la fue llevando hasta la cama, se desvistió, se tendió
boca arriba, siempre fumando. Dormí, todo va bien, no
fue más que un susto absurdo. Le pasó la mano por el
pelo, los dedos resbalaron hasta el hombro, rozaron los

senos. Zulma se volvió de lado, dándole la espalda, sin
hablar; también eso era como tantas otras noches de
verano.

Dormir tenía que ser difícil, pero Mariano se durmió
bruscamente apenas había apagado el cigarrillo; la ventana
seguía abierta y seguramente entrarían mosquitos, pero
el sueño vino antes, sin imágenes, la nada total de la que
salió en algún momento despedido por un pánico inde-
cible, la presión de los dedos de Zulma en un hombro, el
jadeo. Casi antes de comprender ya estaba escuchando la
noche, el perfecto silencio puntuado por los grillos.
Dormí, Zulma, no hay nada, habrás soñado. Obstinándose
en que asintiera, que volviera a tenderse dándole la espalda ahora que de golpe había retirado la mano y estaba
sentada, rígida, mirando hacia la puerta cerrada. Se levantó al mismo tiempo que Zulma, incapaz de impedirle
que abriera la puerta y fuera hasta el nacimiento de la
escalera, pegado a ella y preguntándose vagamente si
no haría mejor en cachetearla, traerla a la fuerza hasta la
cama, dominar por fin tanta lejanía petrificada. En la
mitad de la escalera Zulma se detuvo, tomándose de la
barandilla. ¿Vos sabés por qué está ahí la nena? Con una
voz que debía pertenecer todavía a la pesadilla. ¿La nena?
Otros dos peldaños, ya casi en el codo que se abría sobre
la cocina. Zulma, por favor. Y la voz quebrada, casi en
falsete, está ahí para dejarlo entrar, te digo que lo va a
dejar entrar. Zulma, no me obligues a hacer una idiotez.
Y la voz como triunfante, subiendo todavía más de tono,
mirá, pero mirá si no me creés, la cama vacía, la revista
en el suelo. De un empellón Mariano se adelantó a Zulma,
saltó hasta el interruptor. La nena los miró, su piyama rosa
contra la puerta que daba al salón, la cara adormilada.
Qué hacés levantada a esta hora, dijo Mariano envolvién-
dose la cintura con un repasador. La nena miraba a Zulma
desnuda, entre dormida y avergonzada la miraba como
queriendo volverse a la cama, al borde del llanto. Me levanté para hacer pipí, dijo. Y saliste al jardín cuando te
habíamos dicho que subieras al baño. La nena empezó a
hacer pucheros, las manos cómicamente perdidas en los
bolsillos del piyama. No es nada, volvete a la cama, dijo

Mariano acariciándole el pelo. La arropó, le puso la revista debajo de la almohada; la nena se volvió contra la
pared, un dedo en la boca como para consolarse. Subí,
dijo Mariano, ya ves que no pasa nada, no te quedés ahí
como una sonámbula. La vio dar dos pasos hacia la puerta
del salón, se le cruzó en el camino, ya estaba bien así, qué
diablos. Pero no te das cuenta de que le ha abierto la
puerta, dijo Zulma con esa voz que no era la suya. Dejate
de tonterías, Zulma. Andá a ver si no es cierto, o dejame
ir a mí. La mano de Mariano se cerró en el antebrazo que
temblaba. Subí ahora mismo, empujándola hasta llevarla
al pie de la escalera, mirando al pasar a la nena que no se
había movido, que ya debía dormir. En el primer peldaño
Zulma gritó y quiso escapar, pero la escalera era estrecha
y Mariano la empujaba con todo el cuerpo, el repasador
se desciñó y cayó al pie de la escalera, sujetándola por los
hombros y tironeándola hacia arriba la llevó hasta el
rellano, la lanzó hacia el dormitorio, cerrando la puerta
tras él. Lo va a dejar entrar, repetía Zulma, la puerta está
abierta y va a entrar. Acostate, dijo Mariano. Te digo
que la puerta está abierta. No importa, dijo Mariano, que
entre si quiere, ahora me importa un carajo que entre o no
entre. Atrapó las manos de Zulma que buscaban recha-
zarlo, la empujó de espaldas contra la cama, cayeron juntos,
Zulma sollozando y suplicando, imposibilitada de moverse bajo el peso de un cuerpo que la ceñía cada vez más,
que la plegaba a una voluntad murmurada boca a boca,
rabiosamente, entre lágrimas y obscenidades. No quiero,
no quiero, no quiero nunca más, no quiero, pero ya demasiado tarde, su fuerza y su orgullo cediendo a ese peso
arrasador que la devolvía al pasado imposible, a los ve-
ranos sin cartas y sin caballos. En algún momento —empezaba a clarear— Mariano se vistió en silencio, bajó a
la cocina; la nena dormía con el dedo en la boca, la puerta
del salón estaba abierta. Zulma había tenido razón, la
nena había abierto la puerta pero el caballo no había
entrado en la casa. A menos que sí, lo pensó encendiendo
el primer cigarrillo y mirando el filo azul de las colinas,
a menos que también en eso Zulma tuviera razón y que
el caballo hubiera entrado en la casa, pero cómo saberlo

si no lo habían escuchado, si todo estaba en orden, si el
reloj seguiría midiendo la mañana y después que Florencio
viniera a buscar a la nena a lo mejor hacia las doce llegaría
el cartero silbando desde lejos, dejándoles sobre la mesa
del jardín las cartas que él o Zulma tomarían sin decir
nada, un rato antes de decidir de común acuerdo lo que
convenía preparar para el almuerzo.

*Crónica algo tediosa, estilo de ejercicio más
que ejercicio de estilo de un, digamos, Henry
James, que hubiera tomado mate en cualquier
patio porteño o platense de los años veinte.*

Jorge Fraga acababa de cumplir cuarenta años cuando
decidió estudiar la vida y la obra del poeta Claudio Romero.
La cosa nació de una charla de café en la que Fraga y sus
amigos tuvieron que admitir una vez más la incertidumbre
que envolvía la persona de Romero. Autor de tres libros
apasionadamente leídos y envidiados, que le habían traído
una celebridad efímera en los años posteriores al Cente-
nario, la imagen de Romero se confundía con sus inven-
ciones, padecía de la falta de una crítica sistemática y hasta
de una iconografía satisfactoria. Aparte de artículos parsi-
moniosamente laudatorios en las revistas de la época, y de
un libro cometido por un entusiasta profesor santafesino
para quien el lirismo suplía las ideas, no se había intentado
la menor indagación de la vida o la obra del poeta. Algunas
anécdotas, fotos borrosas; el resto era leyenda para tertulias
y panegíricos en antologías de vagos editores. Pero a
Fraga le había llamado la atención que mucha gente siguiera
leyendo los versos de Romero con el mismo fervor que los
de Carriego o Alfonsina Storni. El mismo los había des-
cubiertos en los años del bachillerato, y a pesar del tono

adocenado y las imágenes desgastadas por los epígonos, los poemas del «vate platense» habían sido una de las experiencias decisivas de su juventud, como Almafuerte o Carlos de la Púa. Sólo más tarde, cuando ya era conocido como crítico y ensayista, se le ocurrió pensar seriamente en la obra de Romero y no tardó en darse cuenta de que casi nada se sabía de su sentido más personal y quizá más profundo. Frente a los versos de otros buenos poetas de comienzos de siglo, los de Claudio Romero se distinguían por una calidad especial, una resonancia menos enfática que le ganaba en seguida la confianza de los jóvenes, hartos de tropos altisonantes y evocaciones ripiosas. Cuando hablaba de sus poemas con alumnos o amigos, Fraga llegaba a preguntarse si el misterio no sería en el fondo lo que prestigiaba esa poesía de claves oscuras, de intenciones evasivas. Acabó por irritarlo la facilidad con que la ignorancia favorece la admiración; después de todo lo poesía de Claudio Romero era demasiado alta como para que un mejor conocimiento de su génesis la menoscabara. Al salir de una de esas reuniones de café donde se había hablado de Romero con la habitual vaguedad admirativa, sintió como una obligación de ponerse a trabajar en serio sobre el poeta. También sintió que no debería quedarse en un mero ensayo con propósitos filológicos o estilísticos como casi todos los que llevaba escritos. La noción de una biografía en el sentido más alto se le impuso desde el principio: el hombre, la tierra y la obra debían surgir de una sola vivencia, aunque la empresa pareciera imposible en tanta niebla de tiempo. Terminada la etapa del fichero, sería necesario alcanzar la síntesis, provocar impensablemente el encuentro del poeta y su perseguidor; sólo ese contacto devolvería a la obra de Romero su razón más profunda.

Cuando decidió emprender el estudio, Fraga entraba en un momento crítico de su vida. Cierto prestigio académico le había valido un cargo de profesor adjunto en la universidad y el respeto de un pequeño grupo de lectores y alumnos. Al mismo tiempo una reciente tentativa para lograr el apoyo oficial que le permitiera trabajar en algunas biblio-

tecas de Europa había fracasado por razones de política
burocrática. Sus publicaciones no eran de las que abren
sin golpear las puertas de los ministerios. El novelista de
moda, el crítico de la columna literaria podían permitirse
más que él. A Fraga no se le ocultó que si su libro sobre
Romero tenía éxito, los problemas más mezquinos se resol-
verían por sí solos. No era ambicioso pero lo irritaba verse
postergado por los escribas del momento. También Claudio
Romero, en su día, se había quejado altivamente de que
el rimador de salones elegantes mereciera el cargo diplomático que a él se le negaba.

Durante dos años y medio reunió materiales para el
libro. La tarea no era difícil, pero sí prolija y en algunos
casos aburrida. Incluyó viajes a Pergamino, a Santa Cruz
y a Mendoza, correspondencia con bibliotecarios y archi-
vistas, examen de colecciones de periódicos y revistas,
compulsa de textos, estudios paralelos de las corrientes
literarias de la época. Hacia fines de 1954 los elementos
centrales del libro estaban recogidos y valorados, aunque
Fraga no había escrito todavía una sola palabra del texto.

Mientras insertaba una nueva ficha en la caja de cartón
negro, una noche de septiembre, se preguntó si estaría en
condiciones de emprender la tarea. No lo preocupaban los
obstáculos; más bien era lo contrario, la facilidad de echar
a correr sobre un campo suficientemente conocido. Los
datos estaban ahí, y nada importante saldría ya de las gave-
tas o las memorias de los argentinos de su tiempo. Había
recogido noticias y hechos aparentemente desconocidos,
que perfeccionarían la imagen de Claudio Romero y su
poesía. El único problema era el de no equivocar el enfo-
que central, las líneas de fuga y la composición de conjunto.

«Pero esa imagen, ¿es lo bastante clara para mí?», se
preguntó Fraga mirando la brasa de su cigarrillo. «Las
afinidades entre Romero y yo, nuestra común pre erencia
por ciertos valores estéticos y poéticos, eso que vuelve
fatal la elección del tema por parte del biógrafo, ¿no me
hará incurrir más de una vez en una autobiografía disimulada?»

A eso podía contestar que no le había sido dada ninguna capacidad creadora, que no era un poeta sino un gustador de poesía, y que sus facultades se afirmaban en la crítica, en la delectación que acompaña el conocimiento. Bastaría una actitud alerta, una vigilia afrontada a la sumersión en la obra del poeta, para evitar toda transfusión indebida. No tenía por qué desconfiar de su simpatía por Claudio Romero y de la fascinación de sus poemas. Como en los buenos aparatos fotográficos, habría que establecer la corrección necesaria para que el sujeto quedara exactamente en cuadrado, sin que la sombra del fotógrafo le pisara los pies.

Ahora que lo esperaba la primera cuartilla en blanco como una puerta que de un momento a otro sería necesario empezar a abrir, volvió a preguntarse si sería capaz de escribir el libro tal como lo había imaginado. La biografía y la crítica podían derivar peligrosamente a la facilidad, apenas se las orientaba hacia ese tipo de lector que espera de un libro el equivalente del cine o de André Maurois. El problema consistía en no sacrificar ese anónimo y multitudinario consumidor que sus amigos socialistas llamaban «el pueblo», a la satisfacción erudita de un puñado de colegas. Hallar el ángulo que permitiera escribir un libro de lectura apasionante sin caer en recetas de *best seller;* ganar simultáneamente el respeto del mundo académico y el entusiasmo del hombre de la calle que quiere entretenerse en un sillón el sábado por la noche.

Era un poco la hora de Fausto, el momento del pacto. Casi al alba, el cigarrillo consumido, la copa de vino en la mano indecisa. *El vino, como un guante de tiempo,* había escrito Claudio Romero en alguna parte.

«Por qué no», se dijo Fraga, encendiendo otro cigarrillo. «Con todo lo que sé de él ahora, sería estúpido que me quedara en un mero ensayo, en una edición de trescientos ejemplares. Juárez o Ricardi pueden hacerlo tan bien como yo. Pero nadie sabe nada de Susana Márquez.»

Una alusión del juez de paz de Bragado, hermano menor de un difunto amigo de Claudio Romero, lo había puesto sobre la pista. Alguien que trabajaba en el resgistro civil

de La Plata le facilitó, después de no pocas búsquedas, una
dirección en Pilar. La hija de Susana Márquez era una
mujer de unos treinta años, pequeña y dulce. Al principio se
negó a hablar, pretextando que tenía que cuidar el negocio
(una verdulería); después aceptó que Fraga pasara a la sala,
se sentara en una silla polvorienta y le hiciera preguntas.
Al principio lo miraba sin contestarle; después lloró un
poco, se pasó el pañuelo por los ojos y habló de su pobre
madre. A Fraga le resultaba difícil darle a entender que
ya sabía algo de la relación entre Claudio Romero y Susana,
pero acabó por decirse que el amor de un poeta bien vale
una libreta de casamiento, y lo insinuó con la debida deli-
cadeza. A los pocos minutos de echar flores en el camino
la vio venir hacia él, totalmente convencida y hasta emo-
cionada. Un momento después tenía entre las manos una
extraordinaria foto de Romero, jamás publicada, y otra
más pequeña y amarillenta, donde al lado del poeta se
veía a una mujer tan menuda y de aire tan dulce como
su hija.

—También guardo unas cartas —dijo Raquel Márquez—.
Si a usted le pueden servir, ya que dice que va a escribir
sobre él...

Buscó largo rato, eligiendo entre un montón de papeles
que había sacado de un musiquero, y acabó alcanzándole
tres cartas que Fraga se guardó sin leer después de asegurarse que eran de puño y letra de Romero. Ya a esa altura
de la conversación estaba seguro de que Raquel no era
hija del poeta, porque a la primera insinuación la vio bajar
la cabeza y quedarse un rato callada, como pensando.
Después explicó que su madre se había casado más tarde
con un militar de Balcarce («el pueblo de Fangio», dijo,
casi como si fuera una prueba), y que ambos habían muerto
cuando ella tenía solamente ocho años. Se acordaba muy
bien de su madre, pero no mucho del padre. Era un hombre severo, eso sí.

Cuando Fraga volvió a Buenos Aires y leyó las tres cartas
de Claudio Romero a Susana, los fragmentos finales del
mosaico parecieron insertarse bruscamente en su lugar,

revelando una composición total inesperada, el drama que
la ignorancia y la mojigatería de la generación del poeta
no habían sospechado siquiera. En 1917 Romero había
publicado la serie de poemas dedicados a Irene Paz, entre
los que figuraba la célebre *Oda a tu nombre doble* que la
crítica había proclamado el más hermoso poema de amor
jamás escrito en la Argentina. Y sin embargo, un año
antes de la aparición del libro, otra mujer había recibido
esas tres cartas donde imperaba el tono que definía la mejor
poesía de Romero, mezcla de exaltación y desasimiento,
como de alguien que fuese a la vez motor y sujeto de la
acción, protagonista y coro. Antes de leer las cartas Fraga
había sospechado la usual correspondencia amorosa, los
espejos cara a cara aislando y pertrificando su reflejo sólo
para ellos importante. En cambio descubría en cada párrafo
la reiteración del mundo de Romero, la riqueza de una
visión totalizante del amor. No sólo su pasión por Susana
Márquez no lo recortaba del mundo sino que a cada línea
se sentía latir una realidad que agigantaba a la amada, justificación y exigencia de una poesía batallando en plena
vida.

   La historia en sí era simple. Romero había conocido a
Susana en un desvaído salón literario de La Plata, y el
principio de su relación coincidió con un eclipse casi total
del poeta, que sus parvos biógrafos no se explicaban o
atribuían a los primeros amagos de la tisis que había de
matarlo dos años después. Las noticias sobre Susana habían
escapado a todo el mundo, como convenía a su borrosa
imagen, a los grandes ojos asustados que miraban fijamente
desde la vieja fotografía. Maestra normal sin puesto, hija
única de padres viejos y pobres, carente de amigos que
pudieran interesarse por ella, su simultáneo eclipse de las
tertulias platenses había coincidido con el periodo más
dramático de la guerra europea, otros intereses públicos,
nuevas voces literarias. Fraga podía considerarse afortu-
nado por haber oído la indiferente alusión de un juez de
paz de campaña; con ese hilo entre los dedos llegó a ubicar
la lúgubre casa de Burzaco donde Romero y Susana habían
vivido casi dos años; las cartas que le había confiado Raquel
Márquez correspondían al final de ese periodo. La-primera,

fechada en La Plata, se refería a una correspondencia anterior en la que se había tratado de su matrimonio con Susana.
El poeta confesaba su angustia por sentirse enfermo, y su
resistencia a casarse con quien tendría que ser una enfer-
mera antes que una esposa. La segunda carta era admirable, la pasión cedía terreno a una conciencia de una
pureza casi insoportable, como si Romero luchara por
despertar en su amante una lucidez análoga que hiciera
menos penosa la ruptura necesaria. Una frase lo resumía
todo; «Nadie tiene por qué saber de nuestra vida, y yo te
ofrezco la libertad con el silencio. Libre, serás aún más mía
para la eternidad. Si nos casáramos, me sentiría tu verdugo
cada vez que entraras en mi cuarto con una flor en la mano.»
Y agregaba duramente: «No quiero toserte en la cara, no
quiero que seques mi sudor. Otro cuerpo has conocido,
otras rosas te he dado. Necesito la noche para mí solo,
no te dejaré verme llorar.» La tercera carta era más serena,
como si Susana hubiera empezado a aceptar el sacrificio
del poeta. El alguna parte se decía: «Insistes en que te
magnetizo, en que te obligo a hacer mi voluntad... Pero
mi voluntad es tu futuro, déjame sembrar estas semillas
que me consolarán de una muerte estúpida.»

En la cronología establecida por Fraga, la vida de Claudio Romero entraba a partir de ese momento en una etapa
monótona, de reclusión casi continua en casa de sus padres.
Ningún otro testiomonio permitía suponer que el poeta y
Susana Márquez habían vuelto a encontrarse, aunque tampoco pudiera afirmarse lo contrario; sin embargo, la mejor
prueba de que el renunciamiento de Romero se había con-
sumado, y que Susana había debido preferir finalmente la
libertad antes que condenarse junto al enfermo, la consti-
tuía el ascenso del nuevo y resplandeciente planeta en el
cielo de la poesía de Romero. Un año después de esa correspondencia y esa renuncia, una revista de Buenos Aires
publicaba la *Oda a tu nombre doble*, dedicada a Irene Paz.
La salud de Romero parecía haberse afirmado y el poema,
que él mismo había leído en algunos salones, le trajo de
golpe la gloria que su obra anterior preparaba casi secretamente. Como Byron, pudo decir que una mañana se había
despertado para descubrir que era célebre, y no dejó de

decirlo. Pero contra lo que hubiera podido esperarse, la pasión del poeta por Irene Paz no fue correspondida, y a juzgar por una serie de episodios mundanos contradictoriamente narrados por los ingenios de la época, el prestigio personal del poeta descendió bruscamente, obligándolo a retraerse otra vez en casa de sus padres, alejado de amigos y admiradores. De esa época databa su último libro de poemas. Una hemoptisis brutal lo había sorprendido en plena calle pocos meses después, y Romero había muerto tres semanas más tarde. Su entierro había reunido a un grupo de escritores, pero por el tono de las oraciones fúnebres y las crónicas era evidente que el mundo al que pertenecía Irene Paz no había estado presente ni había rendido el homenaje que hubiera cabido esperar en esa circunstancia.

A Fraga no le resultaba difícil comprender que la pasión de Romero por Irene Paz había debido halagar y escandalizar en igual medida el mundo aristocrático platense y porteño. Sobre Irene no había podido hacerse una idea clara; de su hermosura informaban las fotos de sus veinte años, pero el resto eran meras noticias de las columnas de sociales. Fiel heredera de las tradiciones de los Paz, cabía imaginar su actitud frente a Romero; debió encontrarlo en alguna tertulia que los suyos ofrecían de tiempo en tiempo para escuchar a los que llamaban, marcando las comillas con la voz, los «artistas» y los «poetas» del momento. Si la *Oda* la halagó, si la admirable invocación inicial le mostró como un relámpago la verdad de una pasión que la reclamaba contra todos los obstáculos, sólo quizá Romero pudo saberlo, y aun eso no era seguro. Pero en este punto Fraga entendía que el problema dejaba de ser tal y que perdía toda importancia. Claudio Romero había sido demasiado lúcido para imaginar un solo instante que su pasión sería correspondida. La distancia, las barreras de todo orden, la inaccesibilidad total de Irene secuestrada en la doble prisión de su familia y de sí misma, espejo fiel de la casta, la hacían desde un comienzo inalcanzable. El tono de la *Oda* era inequívoco e iba mucho más allá de las imágenes corrientes de la poesía amorosa. Romero se llamaba a sí mismo «el Icaro de tus pies de miel» —imagen que le había valido las burlas de un aristarco de *Caras y Caretas*—, y el poema no era más que un salto supremo en pos del ideal imposible y por eso más bello, el ascenso a través de los versos en un vuelo desesperado hacia el sol que iba a quemarlo y a precipitarlo en la muerte. Incluso el retiro y el silencio final del poeta se asemejaban punzantemente a las fases de una caída, de un retorno lamentable a la tierra que había osado abandonar por un sueño superior a sus fuerzas.

«Sí», pensó Fraga, sirviéndose otra copa de vino, «todo coincide, todo se ajusta; ahora no hay más que escribirlo».

El éxito de la *Vida de un poeta argentino* sobrepasó todo lo que habían podido imaginar el autor y los editores. Apenas comentado en las primeras semanas, un inesperado artículo en *La Razón* despertó a los porteños de su pachorra cautelosa y los incitó a una toma de posición que pocos se negaron a asumir. *Sur, La Nación*, los mejores diarios de las provincias, se apoderaron del tema del momento que invadió en seguida las charlas de café y las sobremesas. Dos violentas polémicas (acerca de la influencia de Darío en Romero, y una cuestión cronológica) se sumaron para interesar al público. La primera edición de la *Vida* se agotó en dos meses: la segunda, en una mes y medio. Obligado por las circunstancias y las ventajas que se le ofrecían, Fraga consintió en una adaptación teatral y otra radiofónica. Se llegó a ese momento en que el interés y la novedad en torno a una obra alcanzan el ápice temible tras el cual se agazapa ya el desconocido sucesor; certeramente, y como si se propusiera reparar una injusticia, el Premio Nacional se abrió paso hasta Fraga por la vía de dos amigos que se adelantaron a las llamadas telefónicas y al coro chillón de las primeras felicitaciones. Riendo, Fraga recordó que la atribución del premio Nobel no le había impedido a Gide irse esa misma noche a ver una película de Fernandel; quizá por eso le divirtió aislarse en casa de un amigo y evitar la primera avalancha del entusiasmo colectivo con una tranquilidad que su mismo cómplice en el amistoso secuestro encontró excesiva y casi hipócrita. Pero en esos días Fraga andaba caviloso, sin explicarse por qué nacía en él como un deseo de soledad, de estar al margen de su figura pública que por vía fotográfica y radiofónica ganaba los extramuros, ascendía a los círculos provincianos y se hacía presente en los medios extranjeros. El Premio Nacional no era una sorpresa, apenas una reparación. Ahora vendría el resto, lo que en el fondo lo había animado a escribir la *Vida*. No se equivocaba: una semana más tarde el ministro de relaciones exteriores lo recibía en su casa («los diplomáticos sabemos que a los buenos escritores no les interesa el aparato oficial») y le proponía un cargo de agregado cultural en Europa. Todo tenía un aire casi onírico, iba de tal modo contra la corriente que Fraga tenía que esforzarse por aceptar de lleno el ascenso en la escalinata de los honores; peldaño tras peldaño, partiendo de las primeras reseñas, de la sonrisa y los abrazos del editor, de las invitaciones de los ateneos y círculos, llegaba ya al rellano desde donde, apenas inclinándose, podía alcanzar la totalidad del salón mundano, alegóricamente dominarlo y escudriñarlo hasta su último rincón, hasta la última corbata blanca y la última chinchilla de los protectores de la literatura entre bocado y bocado de foie gras y Dylan Thomas. Más allá —o más acá, dependía del ángulo de visión, del estado de ánimo momentáneo— veía también la multitud humilde y aborregada de los devoradores de revistas, de los telespectadores y radioescuchas, del montón que un día sin saber cómo ni por qué se somete al imperativo de comprar un lavarropas o una novela, un objeto de ochenta pies cúbicos o trescientas dieciocho páginas, y lo compra, lo compra inmediatamente haciendo cualquier sacrificio, lo lleva a su casa donde la señora y los hijos esperan ansiosos porque ya la vecina lo tiene, porque el comentarista de moda en Radio El Mundo ha vuelto a encomiarlo en su audición de las once y cincuenta y cinco. Lo asombroso había sido que su libro ingresara en el catálogo de las cosas que hay que comprar y leer, después de tantos años en que la vida y la obra de Claudio Romero habían sido una mera manía de intelectuales, es decir de casi nadie. Pero cuando una y otra vez volvía a sentir la necesidad de quedarse a solas y pensar en lo que estaba ocurriendo (ahora era la semana de los contactos con productores cinematográficos), el asombro inicial cedía a una expectativa desasosegada de no sabía qué. Nada podía ocurrir que no fuera otro peldaño de la escalera de honor, salvo el día inevitable en que, como en los puentes de jardín, al último peldaño ascendente siguiera el primero del descenso, el camino respetable hacia la saciedad del público y su viraje en busca de emociones nuevas. Cuando tuvo que aislarse para preparar su discurso de recepción del Premio Nacional, la síntesis de las vertiginosas experiencias de esas semanas se resumía en una satisfacción irónica por lo que su triunfo tenía de desquite, mitigada por ese desasosiego inexplicable que por momentos subía a la superficie y buscaba proyectarlo hacia un territorio al que su sentido del equilibrio y del humor se negaban resueltamente. Creyó que la preparación de la conferencia le devolvería el placer del trabajo, y se fue a escribirla a la quinta de Ofelia Fernández, donde estaría tranquilo. Era el final del verano, el parque tenía ya los colores del otoño que le gustaba mirar desde el porche mientras charlaba con Ofelia y acariciaba a los perros. En una habitación del primer piso lo esperaban sus materiales de trabajo; cuando levantó la tapa del fichero principal, recorriéndolo distraídamente como un pianista que preludia, Fraga se dijo que todo estaba bien, que a pesar de la vulgaridad inevitable de todo triunfo literario en gran escala, la *Vida* era un acto de justicia, un homenaje a la raza y a la patria. Podía sentarse a escribir su conferencia, recibir el premio, preparar el viaje a Europa. Fechas y cifras se mezclaban en su memoria con cláusulas de contratos e invitaciones a comer. Pronto entraría Ofelia con un frasco de jerez, se acercaría silenciosa y atenta, lo miraría trabajar. Sí, todo estaba bien. No había más que tomar una cuartilla, orientar la luz, encender un habano oyendo a la distancia el grito de un tero.

Nunca supo exactamente si la revelación se había producido en ese momento o más tarde, después de hacer el amor con Ofelia, mientras fumaban de espaldas en la cama mirando una pequeña estrella verde en lo alto del ventanal. La invasión, si había que llamarla así (pero su verdadero

nombre o naturaleza no importaba) pudo coincidir con
la primera frase de la conferencia, redactada velozmente
hasta un punto en que se había interrumpido de golpe,
reemplazada, barrida por algo como un viento que le
quitaba de golpe todo sentido. El resto había sido un
largo silencio, pero tal vez ya todo estaba sabido cuando
bajó de la sala, sabido e informulado, pesando como un
dolor de cabeza o un comienzo de gripe. Inapresablemente,
en un momento indefinible, el peso confuso, el viento
negro se habían resuelto en certidumbre: la *Vida* era falsa,
la historia de Claudio Romero nada tenía que ver con lo
que había escrito: Sin razones, sin pruebas: todo falso.
Después de años de trabajo, de compulsar datos, de seguir
pistas, de evitar excesos personales: todo falso. Claudio
Romero no se había sacrificado por Susana Márquez, no
le había devuelto la libertad a costa de su renuncia, no
había sido el Icaro de los pies de miel de Irene Paz. Como
si nadara bajo el agua, incapaz de volver a la superficie,
azotado por el fragor de la corriente en sus oídos, sabía
la verdad. Y no era suficiente como tortura; detrás, más
abajo todavía, en un agua que ya era barro y basura, se
arrastraba la certidumbre de que la había sabido desde el
primer momento. Inútil encender otro cigarrillo, pensar
en la neurastenia, besar los finos labios que Ofelia le ofrecía
en la sombra. Inútil argüir que la excesiva consagración
a su héroe podía provocar esa alucinación momentánea,
ese rechazo por exceso de entrega. Sentía la mano de Ofelia
acariciando su pecho, el calor entrecortado de su respiración. Inexplicablemente se durmió.

Por la mañana miró el fichero abierto, los papeles, y le
fueron más ajenos que las sensaciones de la noche. Abajo,
Ofelia se ocupaba de telefonear a la estación para averiguar la combinación de trenes. Llegó a Pilar a eso de las
once y media, y fue directamente a la verdulería. La hija
de Susana lo recibió con un curioso aire de resentimiento
y adulación simultáneos, como de perro después de un
puntapié. Fraga le pidió que le concediera cinco minutos,
y volvió a entrar en la sala polvorienta y a sentarse en la
misma silla con funda blanca. No tuvo que hablar mucho
porque la hija de Susana, después de secarse unas lágrimas,

empezó a aprobar con la cabeza gacha, inclinándose cada vez más hacia adelante'

—Sí señor, es así. Sí señor.

—¿Por qué no me lo dijo la primera vez?

Era difícil explicar por qué no se lo había dicho la primera vez. Su madre le había hecho jurar que nunca se referiría a ciertas cosas, y como después se había casado con el suboficial de Balcarce, entonces... Casi había pensado en escribirle cuando empezaron a hablar tanto del libro sobre Romero, porque...

Lo miraba perpleja, y de cuando en cuando le caía una lágrima hasta la boca.

—¿Y cómo supo? —dijo después.

—No se preocupe por eso —dijo Fraga—. Todo se sabe alguna vez.

—Pero usted escribió tan distinto en el libro. Yo lo leí, sabe. Lo tengo y todo.

—La culpa de que sea tan distinto es suya. Hay otras cartas de Romero a su madre. Usted me dio las que le convenían, las que hacían quedar mejor a Romero y de paso a su madre. Necesito las otras, ahora mismo. Démelas.

—Es solamente una —dijo Raquel Márquez—. Pero mamá me hizo jurar, señor.

—Si la guardó sin quemarla es porque no le importaba tanto. Démela. Se la compro.

—Señor Fraga, no es por eso que no se la doy...

—Tome —dijo brutalmente Fraga—. No será vendiendo zapallos que va a sacar esta suma.

Mientras la miraba inclinarse sobre el musiquero, revolviendo papeles, pensó que lo que sabía ahora ya lo había sabido (de otra manera, quizá, pero lo había sabido) el día de su primera visita a Raquel Márquez. La verdad no lo tomaba completamente de sorpresa, y ahora podía juzgarse retrospectivamente y preguntarse, por ejemplo, por qué había abreviado de tal modo su primera entrevista con la hija de Susana, por qué había aceptado las tres cartas de Romero como si fuesen las únicas, sin insistir, sin ofrecer algo en cambio, sin ir hasta el fondo de lo que Raquel sabía y callaba. «Es absurdo», pensó. «En ese momento yo no podía saber que Susana había llegado a ser una prosti-

tuta por culpa de Romero.» Pero por qué, entonces, había
abreviado deliberadamente su conversación con Raquel,
dándose por satisfecho con las fotos y las tres cartas.
«Oh sí, lo sabía, vaya a saber cómo pero lo sabía, y escribí
el libro sabiéndolo, y quizá también los lectores lo saben,
y la crítica lo sabe, y todo es una inmensa mentira en la
que estamos metidos hasta el último...» Pero era fácil salirse
por la vía de las generalizaciones, no aceptar más que una
pequeña parte de la culpa. También mentira: no había más
que un culpable, él.

La lectura de la carta fue una mera sobreimpresión de
palabras en algo que Fraga ya conocía desde otro ángulo
y que la prueba epistolar sólo podía reforzar en caso de
polémica. Caída la máscara, un Claudio Romero casi feroz
asomaba en esas frases terminantes, de una lógica irrepli-
cable. Condenando de hecho a Susana al sucio menester
que habría de arrastrar en sus últimos años, y al que se
aludía explícitamente en dos pasajes, le imponía para siempre el silencio, la distancia y el odio, la empujaba con sar-
casmos y amenazas hacia una pendiente que él mismo había
debido preparar en dos años de lenta, minuciosa corrupción. El hombre que se había complacido en escribir unas
semanas antes: «Necesito la noche para mí solo, no te
dejaré verme llorar», remataba ahora un párrafo con una
alusión soez cuyo efecto debía prever malignamente, y agregaba recomendaciones y consejos irónicos, livianas des-
pedidas interrumpidas por amenzas explícitas en caso de
que Susana pretendiera verlo otra vez. Nada de eso sor-
prendía ya a Fraga, pero se quedó largo rato con el hombro
apoyado en la ventanilla del tren, la carta en la mano, como
si algo en él luchara por despertar de una pesadilla insoportablemente lenta. «Y eso explica el resto», se oyó pensar.
El resto era Irene Paz, la *Oda a tu nombre doble*, el fracaso
final de Claudio Romero. Sin pruebas ni razones pero con
una certidumbre mucho más honda de la que podía emanar
de una carta o de un testimonio cualquiera, los dos últimos
años de la vida de Romero se ordenaban día a día en la
memoria —si algún nombre había que darle— de quien a
ojos de los pasajeros del tren de Pilar debía ser un señor
que ha bebido un vermut de más. Cuando bajó en la esta-

ción eran las cuatro de la tarde y empezaba a llover. La
volanta que lo traía a la quinta estaba fría y olía a cuero
rancio. Cuánta sensatez había habitado bajo la altanera
frente de Irene Paz, de qué larga experiencia aristocrática
había nacido la negativa de su mundo. Romero había sido
capaz de magnetizar a una pobre mujer, pero no tenía
las alas de Icaro que su poema pretendía. Irene, o ni siquiera
ella, su madre o sus hermanos habían adivinado instantánea-
mente la tentativa del arribista, el salto grotesco del resta-
cueros que empieza por negar su origen, matándolo si es
necesario (y ese crimen se llamaba Susana Márquez, una
maestra normal). Les había bastado una sonrisa, rehusar
una invitación, irse a la estancia, las afiladas armas del
dinero y los lacayos con consignas. No se habían molestado
siquiera en asistir al entierro del poeta.

Ofelia esperaba en el porche. Fraga le dijo que tenía que
ponerse a trabajar en seguida. Cuando estuvo frente a la
página empezada la noche anterior, con un cigarrillo entre
los labios y un enorme cansancio que le hundía los hombros, se dijo que nadie sabía nada. Era como antes de escribir la *Vida*, y él seguía siendo dueño de las claves. Sonrió
apenas, y empezó a escribir su conferencia. Mucho más
tarde se dio cuenta de que en algún momento del viaje
había perdido la carta de Romero.

Cualquiera puede leer en los archivos de los diarios porteños los comentarios suscitados por la ceremonia de recepción del Premio Nacional, en la que Jorge Fraga provocó
deliberadamente el desconcierto y la ira de las cabezas bien
pensantes al presentar desde la tribuna una versión absolutamente descabellada de la vida del poeta Claudio Romero.
Un cronista señaló que Fraga había dado la impresión de
estar indispuesto (pero el eufemismo era claro), entre otras
cosas porque varias veces había hablado como si fuera el
mismo Romero, corrigiéndose inmediatamente pero reca-
yendo en la absurda aberración un momento después. Otro
cronista hizo notar que Fraga tenía unas pocas cuartillas
borroneadas que apenas había mirado en el curso de la
conferencia, dando la sensación de ser su propio oyente,

aprobando o desaprobando ciertas frases apenas pronun-
ciadas, hasta provocar una creciente y por fin insoportable
irritación en el vasto auditorio que se había congregado
con la expresa intención de aplaudirlo. Otro redactor daba
cuenta del violento altercado entre Fraga y el doctor Jovellanos al final de la conferencia, mientras gran parte del
público hacía abandono de la sala entre exclamaciones de
reprobación, y señalaba con pesadumbre que a la intima-
ción del doctor Jovellanos en el sentido de que presentara
pruebas convincentes de las temerarias afirmaciones que
calumniaban la sagrada memoria de Claudio Romero, el
conferenciante se había encogido de hombros, terminando
por llevarse una mano a la frente como si las pruebas reque-
ridas no psaran de su imaginación, y por último se había
quedado inmóvil, mirando el aire, tan ajeno a la tumultuosa
retirada del público como a los provocativos aplausos y
felicitaciones de un grupo de jovencitos y humoristas que
parecían encontrar admirable esa especial manera de recibir
un Premio Nacional.

Cuando Fraga llegó a la quinta dos horas después, Ofelia
le tendió en silencio una larga lista de llamadas telefónicas,
desde una de la Cancillería hasta otra de un hermano con el
que no se trataba. Miró distraídamente la serie de nombres,
algunos subrayados, otros mal escritos. La hoja de des-
prendió de su mano y cayó sobre la alfombra. Sin recogerla
empezó a subir la escalera que llevaba a su sala de trabajo.

Mucho más tarde Ofelia lo oyó caminar por la sala. Se
acostó y trató de no pensar. Los pasos de Fraga iban y
venían, interrumpiéndose a veces como si por un momento
se quedara parado al pie del escritorio, consultando alguna
cosa. Una hora después lo oyó bajar la escalera, acercarse
al dormitorio. Sin abrir los ojos, sintió el peso de su cuerpo
que se dejaba resbalar de espaldas junto a ella. Una mano
fría apretó su mano. En la oscuridad, Ofelia lo besó en
la mejilla.

—Lo único que no entiendo —dijo Fraga como si no le
hablara a ella—, es por qué he tardado tanto en saber que
todo eso lo había sabido siempre. Es idiota suponer que soy
un médium, no tengo absolutamente nada que ver con él.
Hasta hace una semana no tenía nada que ver con él.

—Si pudieras dormir un rato —dijo Ofelia.

—No, es que tengo que encontrarlo. Hay dos cosas: eso que no entiendo, y lo que va a empezar mañana, lo que ya empezó esta tarde. Estoy liquidado, comprendés, no me perdonarán jamás que les haya puesto el ídolo en los brazos y ahora se 'los haga volar en pedazos. Fíjate que todo es absolutamente imbécil, Romero sigue siendo el autor de los mejores poemas del año veinte. Pero los ídolos no pueden tener pies de barro, y con la misma cursilería me lo van a decir mañana mis queridos colegas.

—Pero si vos creíste que tu deber era proclamar la verdad...

—Yo no lo creí, Ofelia. Lo hice, nomás. O alguien lo hizo por mí. De golpe no había otro camino después de esa noche. Era lo único que se podía hacer.

—A lo mejor hubiera sido preferible esperar un poco —dijo temerosamente Ofelia—. Así de golpe, en la cara de...

Iba a decir: «del ministro», y Fraga oyó las palabras tan claramente como si las hubiera pronunciado. Sonrió, le acarició la mano. Poco a poco las aguas empezaban a bajar, algo todavía oscuro buscaba proponerse, definirse. El largo, angustiado silencio de Ofelia lo ayudó a sentir mejor, mirando la oscuridad con los ojos bien abiertos. Jamás comprendería por qué no había sabido antes que todo estaba sabido, si seguía negándose que también él era un canalla, tan canalla como el mismo Romero. La idea de escribir el libro había encerrado ya el propósito de una revancha social, de un triunfo fácil, de la reivindicación de todo lo que él merecía y que otros más oportunistas le quitaban. Aparentemente rigurosa, la *Vida* había nacido armada de todos los recursos necesarios para abrirse paso en las vitrinas de los libreros. Cada etapa del triunfo esperaba, minuciosamente preparada en cada capítulo, en cada frase. Su irónica, casi desencatada aceptación progresiva de esas etapas, no pasaba de una de las muchas máscaras de la infamia. Tras de la cubierta anodina de la *Vida* habían estado ya agazapándose la radio, la TV, las películas, el Premio Nacional, el cargo diplomático en Europa, el dinero y los agasajos. Sólo que algo no previsto había esperado hasta el final para descargarse sobre la máquina

prolijamente montada y hacerla saltar. Era inútil querer
pensar en ese algo, inútil tener miedo, sentirse poseído
por el súcubo.

—No tengo nada que ver con él —repitió Fraga, cerrando
los ojos—. No sé cómo ha ocurrido, Ofelia, pero no tengo
nada que ver con él.

La sintió que lloraba en silencio.

—Pero entonces es todavía peor. Como una infección
bajo la piel, disimulada tanto tiempo y que de golpe revienta
y te salpica de sangre podrida. Cada vez que me tocaba
elegir, decidir en la conducta de ese hombre, elegía el
reverso, lo que él pretendía hacer creer mientras estaba
vivo. Mis elecciones eran las suyas, cuando cualquiera
hubiese podido descifrar otra verdad en su vida, en sus
cartas, en ese último año en que la muerte lo iba acorralando
y desnudando. No quise darme cuenta, no quise mostrar
la verdad porque entonces, Ofelia, entonces Romero no
hubiera sido el personaje que me hacía falta como le había
hecho falta a él para armar la leyenda, para...

Calló, pero todo seguía ordenándose y cumpliéndose.
Ahora alcanzaba desde lo más hondo su identidad con
Claudio Romero, que nada tenía que ver con lo sobre-
natural. Hermanos en la farsa, en la mentira esperanzada
de una ascensión fulgurante, hermanos en la brutal caída
que los fulminaba y destruía. Clara y sencillamente sintió
Fraga que cualquiera como él sería siempre Claudio Romero, que los Romero de ayer y de mañana serían siempre
Jorge Fraga. Tal como lo había temido una lejana noche
de septiembre, había escrito su autobiografía disimulada.
Le dieron ganas de reírse, y al mismo tiempo pensó en
la pistola que guardaba en el escritorio.

Nunca supo si había sido en ese momento o más tarde
que Ofelia había dicho: «Lo único que cuenta es que hoy
les mostraste la verdad.» No se le había ocurrido pensar
en eso, evocar otra vez la hora casi increíble en que había
hablado frente a caras que pasaban progresivamente de la
sonrisa admirativa o cortés al entrecejo adusto, a la mueca
desdeñosa, al brazo que se levanta en señal de protesta.
Pero eso era lo único que contaba, lo único cierto y sólido
de toda la historia; nadie podía quitarle esa hora en que

había triunfado de verdad, más allá de los simulacros y sus ávidos mantenedores. Cuando se inclinó sobre Ofelia para acariciarle el pelo, le pareció como si ella fuera un poco Susana Márquez, y que su caricia la salvaba y la retenía junto a él. Y al mismo tiempo el Premio Nacional, el cargo en Europa y los honores eran Irene Paz, algo que había que rechazar y abolir si no quería hundirse del todo en Romero, miserablemente identificado hasta lo último con un falso héroe de imprenta y radioteatro.

Más tarde —la noche giraba despaciosa con su cielo hirviente de estrellas—, otras barajas se mezclaron en el interminable solitario del insomnio. La mañana traería las llamadas telefónicas, los diarios, el escándalo bien armado a dos columnas. Le pareció insensato haber pensado por un momento que todo estaba perdido, cuando bastaba un mínimo de soltura y habilidad para ganr de punta a punta la partida. Todo dependía de unas pocas horas, de algunas entrevistas. Si le daba la gana, la cancelación del premio, la negativa de la cancillería a confirmar su propuesta, podían convertirse en noticias que lo lanzarían al mundo internacional de las grandes tiradas y las traducciones. Pero también podía seguir de espaldas en la cama, negarse a ver a nadie, recluirse meses en la quinta, rehacer y continuar sus antiguos estudios filológicos, sus mejores y ya borrosas amistades. En seis meses estaría olvidado, suplido admirablemente por el más estólido periodista de turno en la cartelera del éxito. Los dos caminos eran igualmente simples, igualmente seguros. Todo estaba en decidir. Y aunque ya estaba decidido, siguió pensando por pensar, eligiendo y dándose razones para su elección, hasta que el amanecer empezó a frotarse en la ventana, en el pelo de Ofelia dormida, y el ceibo del jardín se recortó impreciso, como un futuro que cuaja en presente, se endurece poco a poco, entra en su forma diurna, la acepta y la defiende y la condena a la luz de la mañana.

Llamado Kindberg, a traducir igenuamente por montaña de los niños o a verlo como la montaña gentil, la amable montaña, así o de otra manera un pueblo al que llegan de noche desde una lluvia que se lava rabiosamente la cara donde todo está preparado para el olvido de lo que sigue allí afuera golpeando y arañando, el lugar por fin, poder cambiarse, saber que se está tan bien al abrigo; y la sopa en la gran sopera de plata, el vino blanco, partir el pan y darle el primer pedazo a Lina que le recibe en la palma de la mano como si fuera un homenaje, y lo es, y entonces le sopla por encima vaya a saber por qué pero tan bonito ver que el flequillo de Lina se alza un poco y tiembla como si el soplido devuelto por la mano y por el pan fuera a levantar el telón de un diminuto teatro, casi como si desde ese momento Marcelo pudiera ver salir a escena los pensamientos de Lina, las imágenes y los recuerdos de Lina que sorbe su sopa sabrosa soplando siempre sonriendo.

Y no, la frente lisa y aniñada no se altera, al principio es sólo la voz que va dejando caer pedazos de persona, componiendo una primera aproximación a Lina: chilena, por ejemplo, y un tema canturreado de Archie Shepp, las uñas un poco comidas pero muy pulcras contra una ropa sucia

de auto-stop y dormir en granjas o albergues de la juventud.
La juventud, se ríe Line sorbiendo la sopa como una osita,
seguro que no te la imaginas: fósiles, fíjate, cadáveres
vagando como en esa película de miedo de Romero.

Marcelo está por preguntarle qué Romero, primera noticia
del tal Romero, pero mejor dejarla hablar, lo divierte asistir
a esa felicidad de comida caliente, como antes su contento
en la pieza con chimenea esperando crepitando, la burbuja
burguesa protectora de una billetera de viajero sin problemas, la lluvia estrellándose ahí fuera contra la burbuja
como esa tarde en la cara blanquísima de Lina al borde de
la carretera a la salida del bosque en el crepúsculo, qué
lugar para hacer auto-stop y sin embargo ya, otro poco de
sopa osita, cómame que necesita salvarse de una angina,
el pelo todavía húmedo pero ya chimenea crepitando esperando ahí en la pieza de gran cama Habsburgo, de espejos
hasta el suelo con mesitas y caireles y cortinas y por qué
estaban ahí bajo el agua decime un poco, tu mamá te
hubiera dado una paliza.

Cadáveres, repite Lina, mejor andar sola, claro que si
llueve pero no te creas el abrigo es impermeable de veras,
no más que un poco el pelo y las piernas, ya está, una aspirina si acaso. Y entre la panera vacía y la nueva llenita que
ya la osezna saquea y qué manteca más rica, y tú que haces,
por qué viajas en ese tremendo auto, y tú por qué, ah y tú
argentino? Doble aceptación de que el azar hace bien las
cosas, el previsible recuerdo de que si ocho kilómetros
antes Marcelo no se hubiera detenido a beber un trago
la osita ahora metida en otro auto o todavía en el bosque,
soy corredor de materiales prefabricados, es algo que obliga
a viajar mucho pero esta vez ando vagando entre dos obligaciones. Osezna atenta y casi grave, qué es eso de prefabricados, pero desde luego tema aburrido, qué le va a hacer,
no puede decirle que es domador de fieras o director de
cine o Paul McCartney: la sal. Esa manera brusca de insecto
o pájaro aunque osita flequillo bailoteándole, el refrán
recurrente de Archie Shepp, tienes los discos, pero cómo,
ah bueno. Dándose cuenta, piensa irónico Marcelo, de que
lo normal sería que él no tuviera los discos de Archie
Shepp y es idiota porque en realidad claro que los tiene y

a veces los escucha con Marlene en Bruselas y solamente
no sabe vivirlos como Lina que de golpe canturrea un
trozo entre dos mordiscos, su sonrisa suma de free-jazz
y bocado gúlash y osita húmeda de autostop, nunca tuve
tanta suerte, fuiste bueno. Bueno y consecuente, entona
Marcelo revancha bandoneón, pero la pelota sale de la
cancha, es otra generación, es una osita Shepp, ya no
tango, che.

Por supuesto queda todavía la cosquilla, casi un calambre
agridulce de eso a la llegada a Kindberg, el párking de
hotel en el enorme hancar vetuso, la vieja alumbrándoles
el camino con una linterna de época, Marcelo valija y
portafolios, Lina mochila y chapoteo, la invitación a cenar
aceptada antes de Kindberg, así charlamos un poco, la
noche y la metralla de la lluvia, mala cosa seguir, mejor
paramos en Kindberg y te invito a cenar, oh sí gracias
que rico, así se te seca la ropa, lo mejor es quedarse aquí
hasta mañana, que llueva que llueva la vieja está en la cueva,
oh sí dijo Lina, y entonces el párking, las galerías resonantes
góticas hasta la recepción, qué calentito este hotel, qué
suerte, una gota de agua la última en el borde del flequillo,
la mochila colgando osezna girl-scout con tío bueno, voy
a pedir las piezas así te secás un poco antes de cenar. Y la
cosquilla, casi un calambre ahí abajo, Lina mirándolo toda
flequillo, las piezas qué tonterías, pide una sola. Y él no
mirándola pero la cosquilla agradesagradable, entonces es
un yiro, entonces es una delicia, entonces osita sopa chimenea, entonces una más y qué suerte viejo porque está
bien linda. Pero después viéndola sacar la mochila el otro
par de blue-jeans y el pulóver negro, dándole la espalda
charlando qué chimenea, huele, fuego perfumado, buscándole aspirinas en el fondo de la valija entre vitaminas
y desodorantes y after-shave y hasta dónde pensás llegar,
no sé, tengo una carta para unos hippies de Copenhague,
unos dibujos que me dio Cecilia en Santiago, me dijo que
son tipos estupendos, el biombo de raso y Lina colgando
la ropa mojada, volcando indescriptible la mochila sobre la
mesa franciscojosé dorada y arabescos James Baldwyn
kleenex botones anteojos negros cajas de cartón Pablo
Neruda paquetitos higiénicos plano de Alemania, tengo

hambre, Marcelo me gusta tu nombre suena bien y tengo
hambre, entonces vamos a comer, total para ducha ya
tuviste bastante, después acabás de arreglar esa mochila,
Lina levantando la cabeza bruscamente, mirándolo: Yo no
arreglo nunca nada, para qué, la mochila es como yo y
este viaje y la política, todo mezclado y qué importa.
Mosoca, pensó Marcelo calambre, casi cosquilla (darle las
aspirinas a la altura del café, efecto más rápido) pero a
ella le molestaban esas distancias verbales, esos vos tan
joven y cómo puede ser que viajés así sola, en mitad de la
sopa se había reído: la juventud, fósiles, fíjate, cadáveres
vagando como en esa película de Romero. Y el gúlash y
poco a poco desde el calor y la osezna de nuevo contenta
y el vino, la cosquilla en el estómago cediendo a una especie
de alegría, a una paz, que dijera tonterías, que siguiera
explicándole su visión de un mundo que a la mejor había
sido también su visión alguna vez aunque ya no estaba
para acordarse, que lo mirara desde el teatro de su flequillo,
de golpe seria y como preocupada y después bruscamente
Shepp, diciendo tan bueno estar así, sentirse seca y dentro
de la burbuja y una vez en Avignon cinco horas esperando
un stop con un viento que arrancaba las tejas, vi estrellarse
un pájaro contra un árbol, cayó como un pañuelo fíjate:
la pimiento por favor.

Entonces (se llevaban la fuente vacía) pensás seguir
hasta Dinamarca siempre así, pero ¿tenés un poco de plato
o qué? Claro que voy a seguir, ¿no comes la lechuga?,
pásamela entonces, todavía tengo hambre, una manera de
plegar las hojas con el tenedor y masticarlas despacio can-
turreándoles Shepp con de cuando en cuando una burbujita
pleteada plop en los labios húmedos, boca bonita recor-
tada terminando justo donde debía, esos dibujos del rena-
cimiento, Florencia en otoño con Marlene, esas bocas que
pederastas geniales habían amado tanto, sinuosamente sen-
suales sutiles etcétera, se te está yendo a la cabeza este
Riesling sesenta y cuatro, escuchándola entre mordiscos y
canturreos no sé cómo acabé filosofía en Santiago, quisiera
leer muchas cosas, es ahora que tengo que empezar a leer.
Previsible, pobre osita tan contenta con su lechuga y su
plan de tragarse Spinoza en seis meses mezclado con Allen

Ginsberg y otra vez Shepp: cuánto lugar común desfilaría
hasta el café (no olvidarse de darle la aspirina, si me empieza
a estornudar es un problema, mocosa con el pelo mojado
la cara toda flequillo pegado la lluvia manoteándola al
borde del camino) pero paralelamente entre Shepp y el
fin del gúlash todo iba como girando de a poco, cambiando
eran las mismas frases y Spinoza o Copenhague y a la vez
diferente, Lina ahí frente a él partiendo el pan bebiendo el
vino mirándolo contenta, lejos y cerca al mismo tiempo,
cambiando con el giro de la noche, aunque lejos y cerca
no era una explicación, otra cosa, algo como una mostra-
ción, Lina mostrándole algo que no era ella misma pero
entonces qué, decime un poco. Y dos tajadas al hilo de
gruyere, ¿por qué no comes, Marcelo, es riquísimo, no
comiste nada, tonto, todo un señor como tú, porque tú eres
un señor, no?, y ahí fumando mando mando mando sin comer
nada, oye, y un poquito mas de vino, ¿tú querrías ?, porque
con este queso te imaginas hay que darle una bajadita de
nada, anda, come un poco: más pan, es increíble lo que
como de pan, siempre me vaticinaron gordura, lo que
oyes, es cierto que ya tengo barriguita, no parece pero sí,
te juro, Shepp.

Inútil esperar que hablara de cualquier cosa sensata y
por qué esperar (porque tú eres un señor, ¿no?), osezna
entre las flores del postre mirando deslumbrada y a la vez
con ojos calculadores del carrito de ruedas lleno de tortas
compotas merengues, barriguita, sí, le habían vaticinado
gordura, sic, ésta con más crema, y por qué no te gusta
Copenhague, Marcelo. Pero Marcelo no había dicho que
no le gustara Copenhague, solamente un poco absurdo
eso de viajar en plena lluvia y semanas y mochila para
lo más probablemente descubrir que los hippies ya andaban por California, pero no te das cuenta que no importa,
te dije que no los conozco, les llevo unos dibujos que me
dieron Cecilia y Marcos en Santiago y un disquito de
Mothers of Invention, aquí no tendrán un tocadiscos para
que te lo ponga?, probablemente demasiado tarde y
Kindberg, date cuenta, todavía si fueran violines gita-
nos pero esas madres, che, la sola idea, y Lina riéndose
con mucha crema y barriguita bajo pulóver negro, los dos

riéndose al pensar en las madres aullando en Kindberg,
la cara del hotelero y ese calor que hacía rato reemplzaba
la cosquilla en el estómago, preguntándose si no se haría
la difícil, si al final la espada legendaria en la cama, en todo
caso el rollo de la almohada y uno de cada lado barrera
moral espada moderna, Shepp, ya está, empezás a estornudar, tomá la aspirina que ya traen el café, voy a pedir
coñac que activa el salicílico, lo aprendí de buena fuente.
Y en realidad él no había dicho que no le gustara Copenhague pero la osita parecía entender el tono de su voz
más que las palabras, como él cuando aquella maestra de
la que se había enamorado a los doce años, qué importaban
las palabras frente a ese arrullo, eso que nacía de la voz
como un deseo de calor, de que lo arroparan y caricias en
el pelo, tantos años después el psicoanálisis: angustia, bah,
nostalgia del útero primordial, todo al fin y al cabo desde
el vamos flotaba sobre las aguas, lea la Biblia, cincuenta
mil pesos para curarse de los vértigos y ahora esa mocosa
que le estaba como sacando pedazos de sí mismo, Shepp,
pero claro, si te la tragás en seco cómo no se te va a pegar
en la garganta, bobeta. Y ella revolviendo el café, de golpe
levantando unos ojos aplicados y mirándolo con un respeto
nuevo, claro que si le empezaba a tomar el pelo se lo iba a
pagar doble pero no, de veras Marcelo, me gustas cuando
te pones tan doctor y papá, no te enojes, siempre digo lo
que no tendría que, no te enojes, pero si no me enojo,
pavota, sí te enojaste un poquito porque te dije doctor y
papá, no era en ese sentido pero justamente se te nota tan
bueno cuando me hablas de la aspirina y fíjate que te
acordaste de buscarla y traerla, yo ya me había olvidado,
Shepp, ves cómo me hacía falta, y eres un poco cómico
porque me miras tan doctor, no te enojes, Marcelo, qué
rico este coñac con el café, qué bien para dormir, tú sabes
que. Y sí, en la carretera desde las siete de la mañana, tres
autos y un camión, bastante bien en conjunto salvo la
tormenta al final pero entonces Marcelo y Kindberg y el
coñac Shepp. Y dejar la mano muy quieta, palma hacia arriba
sobre el mantel lleno de miguitas cuando él se la acarició
levemente para decirle que no, que no estaba enojado porque ahora sabía que era cierto, que de veras la había con-

movido ese cuidado nimio el comprimido que él había sacado del bolsillo con instrucciones detalladas, mucha agua
para que no se pegara en la garganta, café y coñac; de golpe
amigos, pero de veras, y el fuego debía estar entibiando
todavía más el cuarto, la camarera ya habría plegado las
sábanas como sin duda siempre en Kindberg, una especie
de ceremonia antigua, de bienvenida al viajero cansado,
a las oseznas bobas que querían mojarse hasta Copenhague
y después, pero qué importa después, Marcelo, ya te dije
que no quiero atarme, noquiero-noquiero, Copenhague es
como un hombre que encuentras y dejas (ah) un día que
pasa, no creo en el futuro, en mi familia no hablan más que
del futuro, me hinchan los huevos con el futuro, y a él
también su tío Roberto convertido en el tirano cariñoso
para cuidar de Marcelito huérfano de padre y tan chiquito
todavía el pobre, hay que pensar en el mañana m'hijo, la
jubilación ridícula del tío Roberto, lo que hace falta es un
gobierno fuerte, la juventud de hoy no piensa más que en
divertirse, carajo, en mis tiempos en cambio, y la osezna
dejándole la mano sobre el mantel y por qué esa succión
idiota, ese volver a un Buenos Aires del treinta o del cuarenta, mejor Copenhague, che, mejor Copenhague y los
hippies y la lluvia al borde del camino, pero él nunca había
hecho stop, prácticamente nunca, una o dos veces antes
de entrar en la universidad después ya tenía para ir tirando,
para el sastre, y sin embargo hubiera podido aquella vez
que los muchachos planeaban tomarse juntos un velero
que tardaba tres meses en ir a Rotterdam, carga y escalas
y total seiscientos pesos o algo así, ayudando un poco a la
tripulación, divirtiéndose, claro que vamos, en el café *Rubí*
del Once, claro que vamos, Monito, hay que juntar los
seiscientos gruyos, no era fácil, se te va el sueldo en ciga-
rillos y alguna mina, un día ya no se vieron más, ya no se
hablaba del velero, hay que pensar en el mañana, m'hijo,
Shepp. Ah, otra vez; vení, tenés que descansar, Lina.
Sí doctor, pero un momentito apenas más fíjate que me
queda este fondo de coñac tan tibio, pruébalo, sí, ves cómo
está tibio. Y alto que él había debido decir sin saber qué
mientras se acordaba del *Rubí* porque de nuevo Lina con
esa manera de adivinarle la voz, lo que realmente decía

su voz más que lo que le estaba diciendo que era siempre
idiota y aspirina y tenés que descansar o para qué ir a
Copenhague por ejemplo cuando ahora, con esa manita
blanca y caliente bajo la suya, todo podía llamarse Copenhague, todo hubiera podido llamarse velero si seiscientos
pesos, si huevos, si poesía. Y Lina mirándolo y después
bajando rápido los ojos como si todo eso estuviera ahí
sobre la mesa entre las migas, ya basura del tiempo' como si
él le hubiera hablado de todo eso en vez de repetirle vení,
tenés que descansar, sin animarse al plural más lógico, vení
vamos a dormir, y Lina que se relamía y se acordaba de
unos caballos (o eran vacas, le escuchaba apenas el final
de la frase), unos caballos cruzando el campo como si algo
los hubiera espantado de golpe: dos caballos blancos y uno
alazán, en el fundo de mis tíos no sabes lo que era galopar
por la tarde contra el viento, volver tarde y cansada y claro
los reproches, machona, ya mismo, espera que termino
este traguito y ya, ya mismo, mirándolo con todo el flequillo al viento como si a caballo en el fundo, soplándose
en la nariz porque el coñac tan fuerte, tenía que ser idiota
para plantearse problemas cuando había sido ella en el
gran corredor negro, ella chapoteando y contenta y dos
piezas qué tontería, pide una sola asumiendo por supuesto
todo el sentido de esa economía, sabiendo y a lo mejor
acostumbrada y esperando eso al acabar cada etapa, pero
y si al final no era así puesto que no parecía, así, si al final
sorpresas, la espada en la mitad de la cama, si al final bruscamente en el canapé del rincón, claro que entonces él,
un caballero, no te olvides de la chalina, nunca vi una
escalera tan ancha, seguro que fue un palacio, hubo condes
que daban fiestas con candelabros y cosas, y las puertas,
fíjate esa puerta, pero si es la nuestra, pintada con ciervos
y pastores, no puede ser. Y el fuego, las rojas salamandras
huyentes y la cama abierta blanquísima enorme y las cortinas ahogando las ventanas, ah qué rico, qué bueno,
Marcelo, cómo vamos a dormir, espera que por lo menos
te muestre el disco, tiene una tapa preciosa, les va a gustar,
lo tengo aquí en el fondo con las cartas y los planos, no
lo habré perdido, Shepp. Mañana me lo mostrás, te estás
resfriando de veras, desvestite rápido, mejor apago así

vemos el fuego, oh sí Marcelo, qué brasas, todos los gatos
juntos, mira las chispas, se está bien en la oscuridad, da
pena dormir, y él dejando el saco en el respaldo de un
sillón, acercándose a la osezna acurrucada contra la chimenea, sacándose los zapatos junto a ella, agachándose para
sentarse frente al fuego, viéndole correr la lumbre y las
sombras por el pelo suelto, ayudándola a soltarse la blusa,
buscándole el cierre del sostén, su boca ya contra el hombro desnudo, las manos yendo de caza entre las chispas,
mocosa chiquita, osita boba, en algún momento ya desnudos de pie frente al fuego y besándose, fría la cama y
blanca y de golpe ya nada, un fuego total corriendo por la
piel, la boca de Lina en su pelo, en su pecho, las manos
por la espalda, los cuerpos dejándose llevar y conocer y
un quejido apenas, una respiración anhelosa y tener que
decirle porque eso sí tenía que decírselo, antes del fuego
y del sueño tenía que decírselo, Lina, no es por agrade-
cimiento que lo hacés, verdad?, y las manos perdidas en su
espalda subiendo como látigo a su cara, a su garganta,
apretándolo furiosas, inofensivas, dulcísimas y furiosas,
chiquitas y rabiosamente hincadas, casi un sollozo, un
quejido de protesta y negación, una rabia también en la
voz, cómo puedes, cómo puedes Marcelo, y ya así, entonces
sí, todo bien así, perdoname mi amor perdoname tenía
que decírtelo perdoname dulce perdoname, las bocas, el
otro fuego, las caricias de rosados bordes, la burbuja que
tiembla entre los labios, fases del conocimiento, silencios
en que todo es piel o lento correr de pelo, ráfaga de pár-
pado, negación y demanda, botella de agua mineral que se
bebe del gollete, que va pasando por una misma sed de una
boca a otra, terminando en los dedos que tantean en la
mesa de luz, qne encienden, hay ese gesto de cubrir la
pantalla con un slip, con cualquier cosa, de dorar el aire
para empezar a mirar a Lina de espaldas, a la osezna de
lado, a la osita boca abajo, la piel liviana de Lina que le
pide un cigarrillo, que se sienta contra las almohadas, eres
huesudo y peludísimo, Shepp, espera que te tape un poco
si encuentro la frazada, mírala ahí a los pies, me parece
que se le chamuscaron los bordes, Shepp.

Después el fuego lento y bajo en la chimenea, en ellos,

decreciendo y dorándose, ya el agua bebida, los cigarrillos, los cursos universitarios eran un asco, me aburría tanto, lo mejor lo fui aprendiendo en los cafés, leyendo antes del cine, hablando con Cecilia y con Pirucho, y él oyéndola, el *Rubí*, tan parecidamente el *Rubí* veinte años antes, Arlt y Rilke y Eliot y Borges, sólo que Lina, ella sí en su velero de auto-stop, en sus singladuras de Renault o de de Vosgswagen, la osezna entre hojas secas y lluvia en el flequillo, pero por que otra vez tanto velero y tanto *Rubí*, ella que no los conocía, que no había nacido siquiera, chilenita mocosa vagabunda Copenhague, por qué desde el comienzo, desde la sopa y el vino blanco ese irle tirando a la cara sin saberlo tanta cosa pasada y perdida, tanto perro enterrado, tanto velero por seiscientos pesos, Lina mirándolo desde el semisueño, resbalando en las almohadas con un suspiro de bicho satisfecho, buscándole la cara con las manos, tú me gustas, huesudo, tú ya leíste todos los libros, Shepp, quiero decir que contigo se está bien, estás de vuelta, tienes esas manos grandes y fuertes, tienes vida detrás, tú no eres viejo. De manera que la osezna lo sentía vivo a pesar de, más vivo que los de su edad, los cadáveres de la película de Romero y quién sería ése debajo del flequillo donde el pequeño teatro resbalaba ahora húmedo hacia el sueño, los ojos entornados y mirándolo, tomarla dulcemente una vez más, sintiéndola y dejándola a la vez, escuchar su ronrón de protesta a medias, tengo sueño, Marcelo, así no, sí mi amor, sí, su cuerpo liviano y duro, los muslos tensos, el ataque devuelto duplicado sin tregua, no ya Marlene en Bruselas, las mujeres como él, pausadas y seguras, con todos los libros leídos, ella la osezna, su manera de recibir su fuerza y contestarla pero después, todavía en el borde de ese viento lleno de lluvia y gritos, resbalando otra vez al semisueño, darse cuanta de que también eso era velero y Copenhague, su cara hundida entre los senos de Lina era la cara del *Rubí*, las primeras noches adolescentes con Mabel o con Nélida en el departamento prestado del Monito, las ráfagas furiosas y elásticas y casi en seguida por qué no salimos a dar una vuelta por el centro, dame los bombones, si mamá se entera. Entonces ni siquiera así, ni siquiera en el amor se abolía ese espejo

hacia atrás, el viejo retrato de sí mismo joven que Lina le
ponía por delante acariciándolo y Shepp y durmámonos
ya y otro poquito de agua por favor; como haber sido ella,
desde ella en cada cosa, insoportablemente absurdo irre-
versible y al final el sueño entre las últimas caricias murmu-
radas y todo el pelo de la osezna barriéndole la cara como
si algo en ella supiera, como si quisiera borrarlo para que
se despertara otra vez Marcelo, como se despertó a las
nueve y Lina en el sofá se peinaba canturreando, vestida
ya para otra carretera y otra lluvia. No hablaron mucho,
fue un desayuno breve y había sol, a muchos kilómetros
de Kindberg se pararon a tomar otro café, Lina cuatro
terrones y la cara como lavada, ausente, una especie de felicidad abstracta, y entonces tú sabes, no te enojes, dime que
no te vas a enojar, pero claro que no, decime lo que sea,
si necesitás algo, deteniéndose justo al borde del lugar
común porque la palabra había estado ahí como los bille-
tes en su cartera, esperando que los usaran y ya a punto de
decirla cuando la mano de Lina tímida en la suya, el flequillo tapándole los ojos y por fin preguntarle si podía
seguir otro poco con él aunque ya no fuera la misma ruta,
qué importaba, seguir un poco más con él porque se sentía
tan bien, que durara un poquito más con este sol, dormi-
remos en un bosque, te mostraré el disco y los dibujos,
solamente hasta la noche si quieres, y sentir que sí, que
quería, que no había ninguna razón para que no quisiera,
y apartar lentamente la mano y decirle que no, mejor no,
sabés, aquí vas a encontrar fácil, es un gran cruce, y la
osezna acatando como bruscamente golpeada y lejana,
comiéndose cara abajo los terrones de azúcar, viéndolo
pagar y levantarse y traerle la mochila y besarla en el pelo
y darle la espalda y perderse en un furioso cambio de
velocidades, cincuenta, ochenta, ciento diez, la ruta abierta
para los corredores de materiales prefabricados, la ruta sin
Copenhague y solamente llena de veleros podridos en las
cunetas, de empleos cada vez mejor pagados, del murmullo
porteño del *Rubí*, de la sombra del plátano solitario en el
viraje, del tronco donde se incrustó a ciento sesenta con la
cara metida en el volante como Lina había bajado la cara
porque así la bajan las ositas para comer el azúcar.

Así será algún día su estatua, piensa irónicamente el procónsul mientras alza el brazo, lo fija en el gesto del saludo, se deja petrificar por la ovación de un público que dos horas de circo y de calor no han fatigado. Es el momento de la sorpresa prometida; el procónsul baja el brazo, mira a su mujer que le devuelve la sonrisa inexpresiva de las fiestas. Irene no sabe lo que va a seguir y a la vez es como si lo supiera, hasta lo inesperado acaba en costumbre cuando se ha aprendido a soportar, con la indiferencia que detesta el procónsul, los caprichos del amo. Sin volverse siquiera hacia la arena prevé una suerte ya echada, una sucesión cruel y monótona. Licas el viñatero y su mujer Urania son los primeros en gritar un nombre que la muchedumbre recoge y repite. «Te reservaba esta sorpresa», dice el procónsul. «Me han asegurado que aprecias el estilo de ese gladiador.» Centinela de su sonrisa, Irene inclina la cabeza para agradecer. «Puesto que nos haces el honor de acompañarnos aunque te hastían los juegos», agrega el procónsul, «es justo que procure ofrecerte lo que más te agrada». «¡Eres la sal del mundo!», grita Licas. «¡Haces bajar la sombra misma de Marte a nuestra pobre arena de provincia!» «No has visto más que la mitad», dice el procóncul, mojándose los labios en una copa de vino y ofreciéndola a su mujer. Irene bebe un largo sorbo, que parece llevarle con su leve perfume el olor espeso y persistente de la sangre y el estiércol. En un brusco silencio de expectativa que lo recorta con una precisión implacable, Marco avanza hacia el centro de la arena; su corta espada brilla al sol, allí donde el viejo velario deja pasar un rayo oblicuo, y el escudo de bronce cuelga negligente de la mano izquierda. «¿No irás a enfrentarlo con el vencedor del Smirnio?», pregunta excitadamente Licas. «Mejor que eso», dice el procónsul. «Quisiera que tu provincia me recuerde por estos juegos, y que mi mujer deje por una vez de aburrirse.» Urania y Licas aplauden esperando la respuesta de Irene, pero ella devuelve en silencio la copa al esclavo, ajena al clamoreo que saluda la llegada del segundo gladiador. Inmóvil, Marco parece también indiferente a la ovación que recibe su adversario; con la punta de la espada toca ligeramente sus grebas doradas.

«Hola», dice Roland Renoir, eligiendo un cigarrillo como una continuación ineludible del gesto de descolgar el receptor. En la línea hay una crepitación de comunicaciones mezcladas, alguien que dicta cifras, de golpe un silencio todavía más oscuro en esa oscuridad que el teléfono vuelca en el ojo del oído. «Hola», repite Roland, apoyando el cigarrillo en el borde del cenicero y buscando los fósforos en el bolsillo de la bata. «Soy yo», dice la voz de Jeanne. Roland entorna los ojos fatigado, y se estira en una posición más cómoda. «Soy yo», repite inútilmente Jeanne. Como Roland no contesta, agrega: «Sonia acaba de irse.»

Su obligación es mirar el palco imperial, hacer el saludo de siempre. Sabe que debe hacerlo y que verá a la mujer del procónsul y al procónsul, y que quizá la mujer le sonreirá como en los últimos juegos. No necesita pensar, no sabe casi pensar, pero el instinto le dice que esa arena es mala, el enorme ojo de bronce donde los rastrillos y las hojas de palma han dibujado sus curvos senderos ensombrecidos por algún rastro de las luchas precedentes. Esa

noche ha soñado con un pez, ha soñado con un camino
solitario entre columnas rotas; mientras se armaba, alguien
ha murmurado que el procónsul no le pagará con monedas de oro. Marco no se ha molestado en preguntar, y el
otro se ha echado a reír malvadamente antes de alejarse
sin darle la espalda; un tercero, después, le ha dicho que es
un hermano del gladiador muerto por él en Massilia, pero
ya lo empujaban hacia la galería, hacia los clamores de
fuera. El calor es insoportable, le pesa el yelmo que devuelve
los rayos del sol contra el velario y las gradas. Un pez,
columnas rotas; sueños sin un sentido claro, con pozos
del olvido en los momentos en que hubiera podido entender. Y el que lo armaba ha dicho que el procónsul no le
pagará con monedas de oro; quizá la mujer del procónsul
no le sonría esta tarde. Los clamores lo dejan indiferente
porque ahora están aplaudiendo al otro, lo aplauden menos
que a él un momento antes, pero entre los aplausos se
filtran gritos de asombro, y Marco levanta la cabeza, mira
hacia el palco donde Irene se ha vuelto para hablar con
Urania, donde el procónsul negligentemente hace una seña,
y todo su cuerpo se contrae y su mano se aprieta en el puño
de la espada. Le ha bastado volver los ojos hacia la galería
opuesta; no es por allí que asoma su rival, se han alzado
crujiendo las rejas del oscuro pasaje por donde se hace
salir a las fieras, y Marco ve dibujarse la gigantesca silueta
del reciario nubio, hasta entonces invisible contra el fondo
de piedra mohosa; ahora sí, más acá de toda razón, sabe
que el procónsul no le pagará con monedas de oro, adi-
vina el sentido del pez y las columnas rotas. Y a la vez
poco le importa lo que va a suceder entre el reciario y él,
eso es el oficio y los hados, pero su cuerpo sigue contraído
como si tuviera miedo, algo en su carne se pregunta por
qué el reciario ha salido por la galería de las fieras, y también se lo pregunta entre ovaciones el público, y Licas lo
pregunta al procónsul que sonríe para apoyar sin palabras
la sorpresa, y Licas protesta riendo y se cree obligado a
apostar a favor de Marco; antes de oír las palabras que
seguirán, Irene sabe que el procónsul doblará la apuesta
a favor del nubio, y que después la mirará amablemente y
ordenará que le sirvan vino helado. Y ella beberá el vino

y comentará con Urania la estatura y la ferocidad del reciario
nubio; cada movimiento está previsto aunque se lo ignore
en sí mismo, aunque puedan faltar la copa del vino o el
gesto de la boca de Urania mientras admira el torso del
gigante. Entonces Licas, experto en incotables fastos de
circo, les hará notar que el yelmo del nubio ha rozado las
púas de la reja de las fieras, alzadas a dos metros del suelo,
y alabará la soltura con que ordena sobre el brazo izquierdo
las escamas de la red. Como siempre, como desde una ya
lejana noche nupcial, Irene se repliega al límite más hondo
de sí misma mientras por fuera condesciende y sonríe y
hasta goza; en esa profundidad libre y estéril siente el
signo de muerte que el procónsul ha disimulado en una
alegre sorpresa pública, pero Marco no comprenderá, torvo
y silencioso y máquina, y su cuerpo que ella ha deseado en
otra tarde de circo (y eso lo ha adivinado el procónsul, sin
necesidad de sus magos lo ha adivinado como siempre,
desde el primer instante) va a pagar el precio de la mera
imaginación, de una doble mirada inútil sobre el cadáver
de un tracio diestramente muerto de un tajo en la garganta.

Antes de marcar el número de Roland, la mano de
Jeanne ha andado por las páginas de una revista de modas,
un tubo de pastillas calmantes, el lomo del gato ovillado
en el sofá. Después la voz de Roland ha dicho: «Hola»,
su voz un poco adormilada, y bruscamente Jeanne ha
tenido una sensación de ridículo, de que va a decirle a
Roland eso que exactamente la incorporará a la galería
de las plañideras telefónicas con el único, irónico espectador fumando en un silencio condescendiente. «Soy yo»,
dice Jeanne, pero se lo ha dicho más a ella misma que a
ese silencio opuesto en el que bailan, como en un telón
de fondo, algunas chispas de sonido. Mira su mano que
ha acariciado distraídamente al gato antes de marcar las
cifras (¿y no se oyen otras cifras en el teléfono, no hay
una voz distante que dicta números a alguien que no habla,
que sólo está allí para copiar obediente?), negándose a
creer que la mano que ha alzado y ha vuelto a dejar el
tubo de pastillas es su mano, que la voz que acaba de repetir : «Soy yo», es su voz, al borde del límite. Por dignidad,
callar, lentamente devolver el receptor a su horquilla,

quedarse limpiamente sola «Sonia acaba de irse», dice
Jeanne, y el límite está franqueado, el ridículo empieza, el
pequeño infierno confortable.

«Ah», dice Roland, frotando un fósforo. Jeanne oye
distintamente el frote, es como si viera el rostro de Roland
mientras aspira el humo, echándose un poco atrás con los
ojos entornados. Un río de escamas brillantes parece saltar
de las manos del gigante negro y Marco tiene el tiempo
preciso para hurtar el cuerpo a la red. Otras veces —el procónsul lo sabe, y vuelve la cabeza para que solamente Irene
lo vea sonreír— ha aprovechado de ese mínimo instante
que es el punto débil de todo reciario para bloquear con el
escudo la amenaza del largo tridente y tirarse a fondo, con
un movimiento fulgurante, hacia el pecho descubierto.
Pero Marco se mantiene fuera de distancia, encorvadas las
piernas como a punto de saltar, mientras el nubio recoge
velozmente la red y prepara el nuevo ataque: «Está perdido»,
piensa Irene sin mirar al procónsul que elige unos dulces
de la bandeja que le ofrece Urania. «No es el que era»,
piensa Licas lamentando su apuesta. Marco se ha encor-
vado un poco, siguiendo el movimiento giratorio del nubio;
es el único que aún no sabe lo que todos presienten, es
apenas algo que agazapado espera otra ocasión, con el
vago desconcierto de no haber hecho lo que la ciencia le
mandaba. Necesitaría más tiempo, las horas tabernarias que
siguen a los triunfos, para entender quizá la razón de que el
procónsul no vaya a pagarle con monedas de oro. Hosco,
espera otro momento propicio; acaso al final, con un pie
sobre el cadáver del reciario, pueda encontrar otra vez la
sonrisa de la mujer del procónsul; pero eso no lo está
pensando él, y quien lo piensa no cree ya que el pie de
Marco se hinque en el pecho de un nubio degollado.

«Decídete», dice Roland, «a menos que queras tenerme
toda la tarde escuchando a ese tipo que le dicta números
a no sé quién. ¿Lo oyes?» «Sí», dice Jeanne, «se lo oye como
desde muy lejos. Trescientos cincuenta y cuatro, doscientos
cuarenta y dos». Por un momento no hay más que la voz
distante y monótona. «En todo caso», dice Roland, «está
utilizando el teléfono para algo práctico». La respuesta
podría ser la previsible, la primera queja, pero Jeanne calla

todavía unos segundos y repite: «Sonia acaba de irse.»
Vacila antes de agregar: «Probablemente estará llegando
a tu casa.» A Roland le sorprendería eso, Sonia no tiene
por qué ir a su casa. «No mientas», dice Jeanne, y el gato
huye de su mano, la mira ofendido. «No era una mentira»,
dice Roland. «Me refería a la hora, no al hecho de venir o
no venir. Sonia sabe que me molestan las visitas y las llamadas a esta hora.» Ochocientos cinco, dicta desde lejos la voz.
Cuatrocientos dieciséis. Treinta y dos. Jeanne ha cerrado
los ojos, esperando la primera pausa en esa voz anónima
para decir lo único que queda por decir. Si Roland corta
la comunicación le restará todavía esa voz en el fondo de
la línea, podrá conservar el receptor en el oído, resbalando
más y más en el sofá, acariciando al gato que ha vuelto a
tenderse contra ella, jugando con el tubo de pastillas,
escuchando las cifras hasta que también la otra voz se
canse y ya no quede nada, absolutamente nada como no
sea el receptor que empezará a pesar espantosamente entre
sus dedos, una cosa muerta que habrá que rechazar sin
mirarla. Ciento cuarenta y cinco, dice la voz. Y todavía
más lejos, como un diminuto dibujo a lápiz, alguien que
podría ser una mujer tímida preguntando entre dos chas-
quidos: «¿La estación del Norte?»

Por segunda vez alcanza a zafarse de la red, pero ha
medido mal el salto hacia atrás y resbala en una mancha
húmeda de la arena. Con un esfuerzo que levanta en vilo
al público, Marco rechaza la red con un molinete de la
espada mientras tiende al brazo izquierdo y recibe en el
escudo el golpe resonante del tridente. El procónsul des-
deña los excitados comentarios de Licas y vuelve la cabeza
hacia Irene que no se ha movido. «Ahora o nunca», die el
procónsul. «Nunca», contesta Irene. «No es el que era»,
repite Licas, «y le va a costar caro, el nubio no le dará
otra oportunidad, basta mirarlo». A distancia, casi inmóvil,
Marco parece haberse dado cuenta del error; con el escudo
en alto mira fijamente la red ya recogida, el tridente que
oscila hipnóticamente a dos metros de sus ojos. «Tiene
razón, no es el mismo», dice el procónsul. «¿Habías apos-
tado por él, Irene?» Agazapado, pronto a saltar, Marco
siente en la piel, en lo hondo del estómago, que la muche-

dumbre lo abandona. Si tuviera un momento de calma podría romper el nudo que lo paraliza, la cadena invisible que empieza muy atrás pero sin que él pueda saber dónde, y que en algún momento es la solicitud del procónsul, la promesa de una paga extraordinaria y también un sueño donde hay un pez y sentirse ahora, cuando ya no hay tiempo para nada, la imagen misma del sueño frente a la red que baila ante los ojos y parece atrapar cada rayo de sol que se filtra por las desgarraduras del velario. Todo es cadena, trampa; enderezándose con una violencia amenazante que el público aplaude mientras el reciario retrocede un paso por primera vez, Marco elige el único camino, la confusión y el sudor y el olor a sangre, la muerte frente a él que hay que aplastar; alguien lo piensa por él detrás de la máscara sonriente, alguien que lo ha deseado por sobre el cuerpo de un tracio agonizante. «El veneno», se dice Irene, «alguna vez encontraré el veneno, pero ahora acéptale la copa de vino, sé la más fuerte, espera tu hora». La pausa parece prolongarse como se prolonga la insidiosa galería negra donde vuelve intermitente la voz lejana que repite cifras. Jeanne ha creído siempre que los mensajes que verdaderamente cuentan están en algún momento más acá de toda palabra; quizá esas cifras digan más, sean más que cualquier discurso para el que las está escuchando atentamente, como para ella el perfume de Sonia, el roce de la palma de su mano en el hombro antes de marcharse han sido tanto más que las palabras de Sonia. Pero era natural que Sonia no se conformara con un mensaje cifrado, que quisiera decirlo con todas las letras, saboreándolo hasta lo último. «Comprendo que para ti será muy duro», ha repetido Sonia, «pero detesto el disimulo y prefiero decirte la verdad». Quinientos cuarenta y seis, seiscientos sesenta y dos, doscientos ochenta y nueve. «No me importa si va a tu casa o no», dice Jeanne, «ahora ya no me importa nada». En vez de otra cifra hay un largo silencio. «¿Estás ahí?», pregunta Jeanne. «Sí», dice Roland dejando la colilla en el cenicero y buscando sin apuro el frasco de coñac. «Lo que no puedo entender...», empieza Jeanne. «Por favor», dice Roland, «en estos casos nadie entiende gran cosa, querida, y además no se gana nada con entender.

Lamento que Sonia se haya precipitado, no era a ella a quien le tocaba decírtelo. Maldito sea, ¿no va a terminar nunca con esos números?» La voz menuda, que hace pensar en un mundo de hormigas, continúa su dictado minucioso por debajo de un silencio más cercano y más espeso. «Pero tú», dice absurdamente Jeanne, «entonces, tú...»

Roland bebe un trago de coñac. Siempre le ha gustado escoger sus palabras, evitar los diálogos superfluos. Jeanne repetirá dos, tres veces, cada frase, acentuándola de una manera diferente; que hable, que repita mientras él prepara el mínimo de respuestas sensatas que pongan orden en ese arrebato lamentable. Respirando con fuerza se endereza después de una finta y un avance lateral; algo le dice que esta vez el nubio va a cambiar el orden del ataque, que el tridente se adelantará al tiro de la red. «Fíjate bien», explica Licas a su mujer, «se lo he visto hacer en Apta Iulia, siempre los desconcierta». Mal defendido, desafiando el riesgo de entrar en el campo de la red, Marco se tira hacia adelante y sólo entonces alza el escudo para protegerse del río brillante que escapa como un rayo de la mano del nubio. Ataja el borde de la red pero el tridente golpea hacia abajo y la sangre salta del muslo de Marco, mientras la espada demasiado corta resuena inútilmente contra el asta. «Te lo había dicho», grita Licas. El procónsul mira atentamente el muslo lacerado, la sangre que se pierde en la greba dorada; piensa casi con lástima que a Irene le hubiera gustado acariciar ese muslo, buscar su presión y su calor, gimiendo como sabe gemir cuando él la estrecha para hacerle daño. Se lo dirá esa misma noche y será interesante estudiar el rostro de Irene buscando el punto débil de su máscara perfecta, que fingirá indiferencia hasta el final como ahora finge un interés civil en la lucha que hace aullar de entusiasmo a una plebe bruscamente excitada por la inminencia del fin. «La suerte lo ha abandonado», dice el procónsul a Irene. «Casi me siento culpable de haberlo traído a esta arena de provincia; algo de él se ha quedado en Roma, bien se ve.» «Y el resto se quedará aquí, con el dinero que le aposté», ríe Licas. «Por favor, no te pongas así», dice Roland, «es absurdo seguir hablando por teléfono cuando podemos vernos esta misma noche.

Te lo repito, Sonia se ha precipitado, yo quería evitarte
ese golpe». La hormiga ha cesado de dictar sus números
y las palabras de Jeanne se escuchan distintamente; no hay
lágrimas en su voz y eso sorprende a Roland, que ha preparado sus frases previendo una avalancha de reproches.
«¿Evitarme el golpe?», dice Jeanne. «Mintiendo claro, enga-
ñándome una vez más.» Roland suspira, desecha las respuestas que podrían alargar hasta el bostezo un diálogo
tedioso. «Lo siento, pero si sigues así prefiero cortar», dice,
y por primera vez hay un tono de afabilidad en su voz.
«Mejor será que vaya a verte mañana, al fin y al cabo somos
gente civilizada, qué diablos.» Desde muy lejos la hormiga
dicta: ochocientas ochenta y ocho. «No vengas», dice
Jeanne, y es divertido oír las palabras mezclándose con las
cifras, no ochocientos vengas ochenta y ocho, «no vengas
nunca más, Roland». El drama, las probables amenazas
de suicidio, el aburrimiento como cuando Marie Josée,
como cuando todas las que lo toman a la trágico. «No seas
tonta», aconseja Roland, «mañana comprenderás mejor, es
preferible para los dos». Jeanne calla, la hormiga dicta
cifras redondas; cien, cuatrocientos, mil. «Bueno, hasta mañana», dice Roland admirando el vestido de calle de Sonia,
que acaba de abrir la puerta y se ha detenido con un aire
entre interrogativo y burlón. «No perdió tiempo en llamarte», dice Sonia dejando el bolso y una revista. «Hasta
mañana, Jeanne», repite Roland. El silencio en la línea
parece tenderse como un arco, hasta que lo corta seca-
mento una cifra distante, novecientos cuatro. «¡Basta de
dictar esos números idiotas!», grita Roland con todas sus
fuerzas, y antes de alejar el receptor del oído alcanza a
escuchar el clik en el otro extremo, el arco que suelta su
flecha inofensiva. Paralizado, sabiéndose incapaz de evitar
la red que no tardará en envolverlo, Marco hace frente al
gigante nubio, la espada demasiado corta inmóvil en el
extremo del brazo tendido. El nubio afloja la red una, dos
veces, la recoge buscando la posición más favorable, la
hace girar todavía como si quisiera prolongar los alaridos
del público que lo incita a acabar con su rival, y baja el
tridente mientras se echa de lado para dar más impulso
al tiro. Marco va al encuentro de la red con el escudo en

alto, y es una torre que se desmorona contra una masa negra, la espada se hunde en algo que más arriba aúlla, la arena le entra en la boca y en los ojos, la red cae inútilmente sobre el pez que se ahoga.

Acepta indiferente las caricias, incapaz de sentir que la mano de Jeanne tiembla un poco y empieza a enfriarse. Cuando los dedos resbalan por su piel y se detienen, hincándose en una crispación instantánea, el gato se queja petulante; después se tumba de espaldas y mueve las patas en la actitud de expectativa que hace reír siempre a Jeanne, pero ahora no, su mano sigue inmóvil junto al gato y apenas si un dedo busca todavía el calor de su piel, la recorre brevemente antes de detenerse otra vez entre el flanco tibio y el tubo de pastillas que ha rodado hasta ahí. Alcanzado en pleno estómago el nubio aúlla, echándose hacia atrás, y en ese último instante en que el dolor es como una llama de odio, toda la fuerza que huye de su cuerpo se agolpa en el brazo para hundir el tridente en la espalda de su rival boca abajo. Cae sobre el cuerpo de Marco, y las convulsiones lo hacen rodar de lado; Marco mueve lentamente un brazo, clavado en la arena como un enorme insecto brillante.

«No es frecuente», dice el procónsul volviéndose hacia Irene, «que dos gladiadores de ese mérito se maten mutuamente. Podemos felicitarnos de haber visto un raro espectáculo. Esta noche se lo escribiré a mi hermano para consolarlo de su tedioso matrimonio».

Irene ve moverse el brazo de Marco, un lento movimiento inútil como si quisiera arrancarse el tridente hundido en los riñones. Imagina al procónsul desnudo en la arena, con el mismo tridente clavado hasta el asta. Pero el procónsul no movería el brazo con esa dignidad última; chillaría pataleando como una liebre, pediría perdón a un público indignado. Aceptando la mano que le tiende su marido para ayudarla a levantarse, asiente una vez más; el brazo ha dejado de moverse, lo único que queda por hacer es sonreír, refugiarse en la inteligencia. Al gato no parece gustarle la inmovilidad de Jeanne, sigue tumbado de espaldas esperando una caricia; después como si le molestara ese dedo contra la piel del flanco, maúlla destempladamente y da media vuelta para alejarse, yo olvidado y soñoliento.

«Perdóname por venir a esta hora», dice Sonia. «Vi tu
auto en la puerta, era demasiado tentación. Te llamó,
¿verdad?» Roland busca un cigarrillo. «Hiciste mal», dice.
«Se supone que esta tarea les toca a los hombres, al fin y
al cabo ha estado más de dos años con Jeanne y es una
buena muchacha.» «Ah, pero el placer», dice Sonia sirviéndose coñac. «Nunca le he podido perdonar que fuera tan
inocente, no hay nada que me exaspere más. Si te digo que
empezó por reírse, convencida de que le estaba haciendo
una broma.» Roland mira el teléfono, piensa en la hormiga.
Ahora Jeanne llamará otra vez, y será incómodo porque
Sonia se ha sentado junto a él y le acaricia el pelo mientras
hojea una revista literaria como si buscara ilustraciones.
«Hiciste mal», repite Roland atrayendo a Sonia. «¿En venir
a esta hora?», ríe Sonia cediendo a las manos que buscan
torpemente el primer cierre. El velo morado cubre los
hombros de Irene que da la espalda al público, a la espera
de que el procónsul salude por última vez. En las ovaciones se mezcla ya un rumor de multitud en movimiento, la
carrera precipitada de los que buscan adelantarse a la salida
y ganar las galerías inferiores. Irene sabe que los esclavos
estarán arrastrando los cadáveres, y no se vuelve; le agrada
pensar que el procónsul ha aceptado la invitación de Licas
a cenar en su villa a orillas del lago, donde el aire de la
noche la ayudará a olvidar el olor a la plebe, los últimos
gritos, un brazo moviéndose lentamente como si acariaciara
la tierra. No le es difícil olvidar, aunque el procónsul la
hostigue con la minuciosa evocación de tanto pasado que lo
inquieta; un día Irene encontrará la manera de que también
él olvide para siempre, y que la gente lo crea simplemente
muerto. «Verás lo que ha inventado nuestro cocinero»,
está diciendo la mujer de Licas. «Le ha devuelto el apetito
a mi marido, y de noche...» Licas ríe y saluda a sus amigos,
esperando que el procónsul abra la marcha hacia la galería
después de un último saludo que se hace esperar como si
lo complaciera seguir mirando la arena donde enganchan y
arrastran los cadáveres. «Soy tan feliz», dice Sonia apoyando la mejilla en el pecho de Roland adormilado. «No
lo digas», murmura Roland, «uno siempre piensa que es una
amabilidad». «¿No me crees?», ríe Sonia. «Sí, pero no lo

digas ahora. Fumemos.» Tantea en la mesa baja hasta
encontrar cigarrillos, pone uno en los labios de Sonia,
acerca el suyo, los enciende al mismo tiempo. Se miran
apenas, soñolientos, y Roland agita el fósforo y lo posa en
la mesa donde en alguna parte hay un cenicero. Sonia es
la primera en adormecerse y él le quita muy despacio el
cigarrillo de la boca, lo junta con el suyo y los abandona
en la mesa, resbalando contra Sonia en un sueño pesado y
sin imágenes. El pañuelo de gasa arde sin llama al borde
del cenicero, chamuscándose lentamente, cae sobre la alfombra junto al montón de ropas y una copa de coñac.
Parte del público vocifera y se amontona en las gradas
inferiores; el procónsul ha saludado una vez más y hace
una seña a su guardia para que le abran paso. Licas, el
primero en comprender, le muestra el lienzo más distante
del viejo velario que empieza a desgarrarse mientras una
lluvia de chispas cae sobre el público que busca confusamente las salidas. Gritando una orden, el procónsul empuja
a Irene siempre de espaldas e inmóvil. «Pronto, antes de
que se amontonen en la galería baja», grita Licas precipi-
tándose delante de su mujer. Irene es la primera que huele
el aceite hirviendo, el incendio de los depósitos subte-
rráneos; atrás, el velario cae sobre las espaldas de los que
pugnan por abrirse paso en una masa de cuerpos confun-
didos que obstruyen las galerías demasiado estrechas. Los
hay que saltan a la arena por centenares, buscando otras
salidas, pero el humo del aceite borra las imágenes, un
jirón de tela flota en el extremo de las llamas y cae sobre el
procónsul antes de que pueda guarecerse en el pasaje
que lleva a la galería imperial. Irene se vuelve al oír su
grito, le arranca la tela chamuscada tomándola con dos
dedos, delicadamente. «No podremos salir», dice, «están
amontonados ahí abajo como animales». Entonces Sonia
grita, queriendo desatarse del abrazo ardiente que la envuelve desde el sueño, y su primer alarido se confunde con
el de Roland que inútilmente quiere enderezarse, ahogado
por el humo negro. Todavía gritan, cada vez más débilmente, cuando el carro de bomberos entra a toda máquina
por la calle atestada de curiosos. «Es en el décimo piso», dice
el teniente. «Va a ser duro, hay viento del norte. Vamos.»

El tiempo, un niño que juega y mueve los peones.

Heráclito, *fragmento 59.*

Carta del doctor Federico Moraes.

Buenos Aires, martes 15 de julio de 1958

Señor Alberto Rojas,
Lobos, F. C. N. G. R.
Mi querido amigo:

Como siempre a esta altura del año, me invade un gran deseo de volver a ver a los viejos amigos, tan alejados ya por esas mil razones que la vida nos va obligando a acatar poco a poco. Usted también, creo, es sensible a la amable melancolía de una sobremesa en la que nos hacemos la ilusión de haber sido menos usados por el tiempo, como si los recuerdos comunes nos devolvieran por un rato el verdor perdido.

Naturalmente, cuento con usted en primerísimo término y le envío estas líneas con suficiente antelación como para decidirlo a abandonar por unas horas su finca de Lobos donde el rosedal y la biblioteca tienen para usted más atractivos

*que todo Buenos Aires. Anímese, y acepte el doble sacrificio
de subir al tren y soportar los ruidos de la capital. Cenaremos en casa, como en años anteriores, y estaremos los amigos
de siempre, con excepción de... Pero antes prefiero dejar
bien establecida la fecha, para que usted se vaya haciendo
a la idea; ya ve que lo conozco y que preparo estratégicamente el terreno. Digamos, entonces, el...*

Carta del doctor Alberto Rojas.

Lobos, 14 de julio de 1958.

*Señor Federico Moraes,
Buenos Aires.
Querido amigo:*

*Quizá le sorprenda recibir estas líneas tan pocas horas
después de nuestra grata reunión en su casa, pero un incidente ocurrido durante la velada me ha afectado de tal
manera que me veo precisado a confiarle mi preocupación.
Ya sabe que destesto el teléfono y que tampoco me apasiona escribir, pero tan pronto pude pensar a solas en lo
sucedido me pareció que lo más lógico y hasta elemental era
enviarle esta carta. Para serle franco, si Lobos no estuviera
tan alejado de la capital (un hombre viejo y enfermo mide
de otra manera los kilómetros) creo que hubiera vuelto hoy
mismo a Buenos Aires para conversar con usted de este
asunto. En fin, basta de exordios y vamos a los hechos.
Pero antes, querido Federico, gracias otra vez por la magnífica cena que nos ofreció como solamente usted sabe hacerlo.
Tanto Luis Funes como Barrios y Robirosa coincidieron
conmigo en que es usted una de las delicias del género humano
(Barrios dixit) y un anfitrión insuperable. No le extrañará,
pues, que a pesar de lo acontecido guarde todavía la satisfacción un poco nostálgica de esa velada que me permitió
alternar una vez más con los viejos amigos y pasar revista
a tantos recuerdos que la soledad va limando inapelablemente.
Lo que voy a decirle, ¿es realmente una novedad para
usted? Mientras le escribo no puedo dejar de pensar que*

*quizá su condición de dueño de casa lo movió anoche a disimu-
lar la incomodidad que debía haberle producido el desagra-
dable incidente entre Robirosa y Luis Funes. Por lo que
toca a Barrios, distraído como siempre, no se dio cuenta de
nada; saboreaba con harta fruición su café, atento a las
anécdotas y a las bromas, y siempre pronto a aportar esa
gracia criolla que todos les festejamos tanto. En resumen,
Federico, si esta carta no le dice nada nuevo, mil per-
dones; de cualquier manera creo que hago bien en escribír-
sela.*

*Ya al llegar a su casa me di cuenta de que Robirosa,
siempre tan cordial con todo el mundo, se mostraba evasivo
cada vez que Funes le dirigía la palabra. Al mismo tiempo
noté que Funes era sensible a esa frialdad, y que en varias
ocasiones insistía en hablar con Robirosa como si quisiera
asegurarse de que su actitud no era el mero producto de una
distracción momentánea. Cuando se cuenta con comensales
tan brillantes como Barrios, Funes y usted, el relativo silencio
de los demás pasa inadvertido y no creo que fuese fácil reparar
en que Robirosa sólo aceptaba el diálogo con usted, con
Barrios y conmigo, en las raras ocasiones en que preferí
hablar a escuchar.*

*Ya en la biblioteca, nos disponíamos a sentarnos junto
al fuego (mientras usted daba algunas instrucciones a su
fiel Ordóñez) cuando Robirosa se apartó del grupo, fue
hacia una de las ventanas y se puso a tamborilear en los
cristales. Yo había cambiado unas frases con Barrios —que
se empeñaba en defender las abominables experiencias nuclea-
res— y me disponía a ubicarme confortablemente cerca de
la chimenea; en ese momento giré la cabeza sin ninguna
razón especial, y vi que Funes se apartaba a su vez e iba hacia
la ventana donde aún permanecía Robirosa. Ya Barrios
había agotado sus argumentos y miraba distraídamente un
número de Esquire, ajeno a lo que sucedía más allá. Una
rareza acústica de su biblioteca me permitió percibir con
una sorprendente claridad las palabras que se decían en voz
baja junto a la ventana. Como me parece seguir oyéndolas,
las repetiré textualmente. Hubo una pregunta de Funes:
«¿Se puede saber qué te pasa, che?», y la respuesta inmediata
de Robirosa: «Andá a saber qué nombre caritativo te dan*

en esa embajada. Para mí no hay más que una manera de llamarte, y no lo quiero hacer en casa ajena.»

Lo insólito del diálogo, y sobre todo su tono, me confundieron al punto de que me pareció estar cometiendo una indiscreción y desvié la mirada. En ese mismo momento usted terminaba de hablar con Ordóñez y lo despedía; Barrios se refocilaba con un dibujo de Varga. Sin volver a mirar hacia la ventana, oí la voz de Funes: «Por lo que más quieras te pido que...», y la de Robirosa, cortándola como un látigo: «Esto ya no se arregla con palabras, che.» Usted golpeó amablemente las manos, invitándonos a sentarnos cerca del fuego, y le quitó la revista a Barrios que se empeñaba en admirar una página particularmente atractiva. Entre las bromas y las risas, alcancé todavía a oír que Funes decía: «Por favor, que Matilde no se entere.» Vi vagamente que Robirosa se encogía de hombros y le daba la espalda. Usted se había acercado a ellos, y no me sorprendería que hubiese escuchado el final del diálogo. Entonces Ordóñez apareció con los cigarros y el coñac, Funes vino a sentarse a mi lado, y la conversación nos envolvió una vez más hasta muy tarde.

Mentiría, querido Federico, si no agregara que el incidente bastó para malograrme el fin de una velada tan grata. En estos tiempos de amenazas bélicas, fronteras cerradas y codiciables pozos de petróleo, una acusación semejante adquiere un peso que no hubiera tenido en épocas más felices; el hecho de que naciera de un hombre tan estratégicamente situado en las altas esferas como Robirosa, le da un peso que sería pueril negar, aparte del matiz de admisión que, lo reconocerá usted, se desprende del silencio y la súplica del acusado.

En rigor, lo que pueda haber ocurrido entre nuestros amigos sólo nos concierne indirectamente. En ese sentido estas líneas suplantan un comentario verbal que las circunstancias no me permitieron en el momento. Estimo demasiado a Luis Funes como para no desear haberme equivocado, y pienso que mi aislamiento y la misantropía que todos ustedes me reprochan cariñosamente pueden haber contribuido a la fabricación de un fantasma, de una mala interpretación que dos líneas suyas disiparán tal vez. Ojalá sea así, ojalá se eche

usted a reír y me demuestre, en una carta que desde ya espero,
que los años me dan en canas lo que me quitan en inteligencia.
   Un gran abrazo de su amigo

Alberto Rojas.

Buenos Aires, miércoles 16 de julio de 1958.

Señor Alberto Rojas.
Querido Rojas:

Si se propuso asombrarme, alégrese: triunfo completo.
Aunque me resisto a creerlo, por viejo y por escéptico, tengo
que admitir sus poderes telepáticos a menos de atribuir su
éxito a una casualidad aun más asombrosa. En fin, soy buen
jugador, y me parece justo recompensarlo con la plena admi-
sión de mi sorpresa y mi desconcierto. Pues sí, amigo mío:
su carta me llegó en el momento exacto en que yo le gara-
bateaba unas líneas, como hago todos los años, para invitarlo
a cenar en casa dentro de un par de semanas. Empezaba
un párrafo cuando se presentó Ordóñez con un sobre en la
mano; reconocí de inmediato el papel gris que usa usted
desde que nos conocemos, y la coincidencia me hizo soltar la
estilográfica como si fuera un ciempiés. ¡Compañero, a eso
le llamo yo hacer blanco a ojos cerrados!
Pero coincidencia aparte le confieso que su broma me ha
dejado perplejo. Por lo pronto me maravilla que haya acer-
tado con todos los detalles. Primero, sospechó que no tar-
daría en enviarle una invitación para cenar en casa; segundo
(y esto me deja estupefacto) dio por sentado que este año
no invitaría a Carlos Frers. ¿Cómo se las arregló para
adivinar mis intenciones? Se me ocurre pensar que alguien
del club pudo haberle dicho que Frers y yo andábamos dis-
tanciados después de la cuestión del Pacto Agrícola; pero
por otra parte, usted vive aislado y sin alternar con nadie...
En fin, me inclino ante su genio analítico, si de análisis se
trata. Yo tengo más bien una impresión de brujería, admi-
rablemente ilustrada por el recibo de su carta en el preciso
momento en que me disponía a escribirle.

*De todas maneras, querido Alberto, su habilísima inven-
ción tiene un reverso que me preocupa. ¿Qué objeto persigue
con esa acusación indirecta contra Luis Funes? Que yo sepa,
ustedes han sido siempre muy buenos amigos, aunque la vida
nos vaya llevando a todos por caminos diferentes. Si realmente
tiene algo que reprocharle a Funes, ¿por qué me escribe a
mí y no a él? En último término, ¿por qué no hacer partí-
cipe de su acusación a Robirosa, dadas las funciones espe-
ciales que sus amigos más íntimos sabemos que desempeña
en al Cancillería? En vez de eso ensaya usted una complicada
carambola a tres bandas, cuyo sentido prefiero no indagar
por el momento. Con toda sinceridad le confieso mi desazón
frente a una maniobra que me resisto a creer una mera
broma puesto que toca al honor de uno de nuestros amigos
más queridos. A usted lo he tenido siempre por hombre
íntegro y leal, a quien sus mismas cualidades lo han llevado
en tiempo de corrupción y venalidad a refugiarse en una finca
solitaria, entre libros y flores más puros que nosotros. Y así,
aunque me admire e incluso divierta el juego de casualidades
o de aciertos de su carta, cada vez que la releo me invade un
desasosiego en el que la definición misma de nuestra amistad
parece amenazada. Perdóneme la franqueza; o si no me perdona, acláreme el malentendido y liquidemos la cuestión.*

*Huelga decir que todo esto no altera en nada mi intención
de que nos reunamos en mi casa el 30 del corriente, tal como
se lo anunciaba en una carta que interrumpió la llegada
de la suya. Ya he escrito a Barrios y a Funes, que andan
por las provincias, y Robirosa me ha telefoneado aceptando
la invitación. Como las obras maestras no deben quedar
ignoradas, no le extrañará que le haya hablado a Robirosa
de su extaordinaria broma epistolar. Pocas veces lo he oído
reírse con tantas ganas... A mí su carta me divierte menos
que a nuestro amigo, y hasta creo que unas líneas suyas me
quitarían eso que se da en llamar un peso de encima.*

*Hasta esas líneas, pues, o hasta que nos veamos en casa.
Muy sinceramente,*

Federico Moraes.

Lobos, 18 de julio de 1958.

Señor Federico Moraes.
Querido amigo:

Usted habla de asombro, de casualidades, de triunfos epistolares. Muchas gracias, pero los cumplidos que sólo encubren una mixtificación no son los que prefiero. Si encuentra un tanto fuerte el término, aplíquese en carne propia el sentido crítico que tanto lo ha ilustrado en el foro y la política, y reconocerá que la calificación no es exagerada. O bien, cosa que preferiría, dé por terminada la broma si de broma se trata. Puedo comprender que usted —y quizá el resto de los que asistieron a la cena en su casa— traten de echar tierra sobre algo que alcancé a saber por un azar que deploro profundamente. También puedo comprender que su vieja amistad con Luis Funes lo mueva a fingir que mi carta es una pura broma, a la espera de que yo pesque el hilo y me llame a silencio. Lo que no entiendo es la necesidad de tantas complicaciones entre gentes como usted y yo. Bastaba con pedirme que olvidara lo que escuché en su biblioteca; ya deberían ustedes saber que mi capacidad de olvido es muy grande apenas adquiero la certidumbre de que puede serle útil a alguien.

En fin, pongamos que la misantropía agregue su acíbar a estos párrafos; detrás, querido Federico, está su amigo de siempre. Un tanto desconcertado, eso sí, porque no alcanzo a entender la razón de que quiera reunirnos nuevamente. Además, ¿por qué llevar las cosas a un extremo casi ridículo, y referirse a una supuesta invitación, interrumpida al parecer por la llegada de mi carta? Si no tuviese el hábito de tirar casi todos los papeles que recibo, me complacería en devolverle adjunta su esquela del...

Interrumpí esta carta para cenar. Por el boletín de la radio acabo de enterarme del suicidio de Luis Funes. Ahora comprenderá usted, sin necesidad de más palabras, por qué quisiera no haber sido testigo involuntario de algo que explica bien claramente una muerte que asombrará a otras personas.

No creo que entre estas últimas figure nuestro amigo Robirosa, a pesar de la risa que según usted le produjo el conte-
nido de mi carta. Ya ve que a Robirosa no le faltaban
razones para sentirse satisfecho de su labor, y presumo que
hasta debió complacerle que hubiera un testigo presencial del
penúltimo acto de la tragedia. Todos tenemos nuestra vanidad, y quizá a Robirosa le duele a veces que sus altos ser-
vicios a la nación se cumplan en el más indiferente de los
secretos; por lo demás sabe muy bien que en esta ocasión
puede contar con nuestro silencio. ¿Acaso el suicidio de
Funes no le da cumplidamente la razón?

Pero ni usted ni yo tenemos motivos para compartir hasta
ese punto su alegría. Ignoro las culpas de Funes; en cambio
recuerdo al buen amigo, al camarada de otros tiempos mejores y más felices. Usted sabrá decirle a la pobre Matilde
todo lo que yo, desde mi encierro, que quizá no hubiera
debido violar, siento frente a su desgracia.

Suyo,

Rojas.

Buenos Aires, lunes 21 de julio de 1958.

Señor Alberto Rojas.
Dr mi consideración:

Recibí su carta del 18 del corriente. Cumplo en avisarle
que, en señal de duelo por la muerte de mi amigo Luis
Fnes, he decidido cancelar la reunión que había proyectado
para el 30 del corriente.

Lo saluda atentamente,

Federico Moraes.

S i l v i a *

Vaya a saber cómo hubiera podido acabar algo que ni siquiera tenía principio, que se dio en mitad y cesó sin contorno preciso, esfumándose al borde de otra niebla; en todo caso hay que empezar diciendo que muchos argentinos pasan parte del verano en los valles del Luberon, los veteranos de la zona escuchamos con frecuencia sus voces sonoras que parecen acarrear un espacio más abierto, y junto con los padres vienen los chicos y eso es también Silvia, los canteros pisoteados, almuerzos con bifes en tenedores y mejillas, llantos terribles seguidos de reconciliaciones de marcado corte italiano, lo que llaman vacaciones en familia. A mí me hostigan poco porque me protege una justa fama de mal educado; el filtro se abre apenas para dejar paso a Raúl y a Nora Mayer, y desde luego a sus amigos Javier y Magda, lo que incluye a los chicos y a Silvia, el asado en casa de Raúl hace unos quince días, algo que ni siquiera tuvo principio y sin embargo es sobre todo Silvia, esta ausencia que ahora puebla mi casa de hombre solo,

* Reproducido con autorización de «Siglo XXI, S. A.», México.

roza mi almohada con su medusa de oro, me obliga a
escribir lo que escribo con una absurda esperanza de con-
juro, de dulce gólem de palabras. De todas maneras hay
que incluir también a Jean Borel que enseña la literatura
de nuestras tierras en una universidad occitana, a su mujer
Liliane y al minúsculo Renaud en quien dos años de vida
se amontonan tumultuosos. Cuánta gente para un asadito
en el jardín de la casa de Raúl y Nora, bajo un vaso tilo
que no parecía servir de sedante a la hora de las pugnas
infantiles y las discusiones literarias. Llegué con botellas
de vino y un sol que se acostaba en las colinas, Raúl y
Nora me habían invitado porque Jean Borel andaba queriendo conocerme y no se animaba solo; en esos días
Javier y Magda se alojaban también en la casa, el jardín
era un campo de batalla mitad sioux mitad galorromano,
guerreros emplumados se batían sin cuartel con voces de
soprano y bolas de barro. Graciela y Lolita aliadas contra
Alvaro, y en medio del fragor el pobre Renaud tamba-
leándose con sus bombachas llenas de algodón maternal y
una tendencia a pasarse todo el tiempo de un bando a otro,
traidor inocente y execrado del que sólo habría de ocuparse
Silvia. Sé que amonotono nombres, pero el orden y las
genealogías también tardaron en llegar a mí, me acuerdo
que bajé del auto con las botellas bajo el brazo y a los pocos
metros vi asomar entre los arbustos la vincha de Bisonte
Invencible, su mueca desconfiada frente al nuevo Cara
Pálida; la batalla por el fuerte y los rehenes se libraba en
torno a una pequeña tienda de campaña verde que parecía
el cuartel general de Bisonte Invencible. Descuidando culpablemente una ofensiva acaso capital, Graciela dejó caer
sus municiones pegajosas y terminó de limpiarse las manos
en mi pescuezo; después se sentó imborrablemente en mis
piernas y me explicó que Raúl y Nora estaban arriba con
los otros grandes y que ya vendrían, detalles sin importancia al lado de la ruda batalla del jardín.

   Graciela se ha sentido siempre en la obligación de expli-
carme cualquier cosa, partiendo del principio de que me
considera tonto. Por ejemplo esa tarde el chiquito de los
Borel no contaba para nada, no te das cuenta de que Renaud
tiene dos años, todavía se hace caca en la bombacha, hace

un rato le pasó y yo le iba a avisar a la mamá porque
Renaud estaba llorando, pero Silvia se lo llevó al lado de
la pileta, le lavó el culito y le cambió la ropa, Liliane no
se enteró de nada porque sabés, se enoja mucho y por ahí
le da un chirlo, entonces Renaud se pone a llorar de nuevo,
nos fastidia todo el tiempo y no nos deja jugar.

—¿Y los otros dos, los más grandes?

—Son los chicos de Javier y Magda, no te das cuenta,
sonso. Alvaro es Bisonte Invencible, tiene siete años, dos
meses más que yo y es el más grande. Lolita tiene seis
pero ya juega, ella es la prisionera de Bisonte Invencible.
Yo soy la Reina del Bosque y Lolita es mi amiga, de manera
que la tengo que salvar, pero seguimos mañana porque
ahora ya nos llamaron para bañarnos. Alvaro se hizo un
tajo en el pie, Silvia le puso una venda. Soltame que me
tengo que ir.

Nadie la sujetaba, pero Graciela tiende siempre a afirmar
su libertad. Me levanté para saludar a los Borel que bajaban
de la casa con Raúl y Nora. Alguien, creo que Javier,
servía el primer *pastis;* la conversación empezó con la
caída de la noche, la batalla cambió de naturaleza y edad,
se volvió un estudio sonriente de hombres que acaban de
conocerse; los chicos se bañaban, no había galos ni sioux
en el jardín, Borel quería saber por qué yo no volvía a
mi país, Raúl y Javier sonreían con sonrisas compatriotas.
Las tres mujeres se ocupaban de la mesa; curiosamente se
parecían, Nora y Magna unidas por el acento porteño
mientras el español de Liliane caía del otro lado de los
Pirineos. Las llamamos para que bebieran el *pastis,* descubrí
que Liliane era más morena que Nora y Magna pero el
parecido subsistía, una especie de ritmo común. Ahora se
hablaba de poesía concreta, del grupo de la revista *Invenção;*
entre Borel y yo surgía un terreno común, Eric Dolphy, la
segunda copa iluminaba las sonrisas entre Javier y Magda,
las otras dos parejas vivían ya ese tiempo en que la charla
en grupo libera antagonismos, ventila diferencias que la
intimidad acalla. Era casi de noche cuando los chicos empezaron a aparecer, limpios y aburridos, primero los de Javier
discutiendo sobre unas monedas, Alvaro obstinado y Lolita
petulante, después Graciela llevando de la mano a Renaud

que ya tenía otra vez la cara sucia. Se juntaron cerca de la
pequeña tienda de campaña verde; nosotros discutíamos a
Jean-Pierre Faye y a Philippe Sollers, la noche inventó el
fuego del asado hasta entonces poco visible entre los árboles,
se embadurnó con reflejos dorados y cambiantes que teñían
el tronco de los árboles y alejaban los límites del jardín;
creo que en ese momento vi por primera vez a Silvia,
yo estaba sentado entre Borel y Raúl, y en torno a la mesa
redonda bajo el tilo se sucedían Javier, Magda y Liliane;
Nora iba y venía con cubiertos y platos. Que no me hubieran presentado a Silvia parecía extraño, pero era tan joven
y quizá deseosa de mantenerse al margen, comprendí el
silencio de Raúl o de Nora, evidentemente Silvia estaba
en la edad difícil, se negaba a entrar en el juego de los
grandes, prefería imponer autoridad o prestigio entre los
chicos agrupados junto a la tienda verde. De Silvia había
alcanzado a ver poco, el fuego iluminaba violentamente
uno de los lados de la tienda y ella estaba agachada allí
junto a Renaud, limpiándole la cara con un pañuelo o un
trapo; vi sus muslos bruñidos, unos muslos livianos y
definidos al mismo tiempo como el estilo de Francis Ponge
del que estaba hablándome Borel, las pantorrillas quedaban
en la sombra al igual que el torso y la cara, pero el pelo
largo brillaba de pronto con los aletazos de las llamas, un
pelo también de oro viejo, toda Silvia parecía entonada en
fuego, en bronce espeso; la minifalda descubría los muslos
hasta lo más alto, y Francis Ponge había sido culpablemente
ignorado por los jóvenes poetas franceses hasta que ahora,
con las experiencias del grupo de *Tel Quel*, se reconocía
a un maestro; imposible preguntar quién era Silvia, por
qué no estaba entre nosotros, y además el fuego engaña,
quizá su cuerpo se adelantaba a su edad y los sioux eran
todavía su territorio natural. A Raúl le interesaba la poesía
de Jean Tardieu, y tuvimos que explicarle a Javier quién
era y qué escribía; cuando Nora me trajo el tercer *pastis*
no pude preguntarle por Silvia, la discusión era demasiado
viva y Borel bebía mis palabras como si valieran tanto.
Vi llevar una mesita baja cerca de la tienda, los preparativos
para que los chicos cenaran aparte; Silvia ya no estaba allí,
pero la sombra borroneaba la tienda y quizá se había sen-

tado más lejos o se paseaba entre los árboles. Obligado
a ventilar opiniones sobre el alcance de las experiencias
de Jacques Roubaud, apenas si alcanzaba a sorprenderme de
mi interés por Silvia, de que la brusca desaparición de Silvia
me desasosegara ambiguamente; cuando terminaba de decirle a Raúl lo que pensaba de Roubaud, el fuego fue otra
vez fugazmente Silvia, la vi pasar junto a la tienda llevando
de la mano a Lolita y a Alvaro; detrás venían Graciela y
Renaud saltando y bailando en un último avatar sioux;
por supuesto Renaud se cayó de boca y su primer chillido
sobresaltó a Liliane y a Borel. Desde el grupo se alzó
la voz de Graciela: «¡No es nada, ya pasó!», y los padres
volvieron al diálogo con esa soltura que da la monotonía
cotidiana de los porrazos de los sioux; ahora se trataba de
encontrarle un sentido a las experiencias aleatorias de
Xenakis por las que Javier mostraba un interés que a Borel
le parecía desmesurado. Entre los hombros de Magda y
de Nora yo veía a lo lejos la silueta de Silvia, una vez
más agachada junto a Renaud, mostrándole algún juguete
para consolarlo; el fuego le desnudaba las piernas y el
perfil, adiviné una nariz fina y ansiosa, unos labios de
estatua arcaica (¿pero no acababa Borel de preguntarme
algo sobre una estatuilla de las Cícladas de la que me hacía
responsable, y la referencia de Javier a Xenakis no había
desviado el tema hacia algo más valioso?). Sentí que si
alguna cosa deseaba saber en ese momento era Silvia,
saberla de cerca y sin los prestigios del fuego, devolverla
a una probable mediocridad de muchachita tímida o confirmar esa silueta demasiado hermosa y viva como para
quedarse en mero espectáculo; hubiera querido decírselo a
Nora con quien tenía una vieja confianza, pero Nora
organizaba la mesa y ponía servilletas de papel, no sin exigir
de Raúl la compra inmediata de algún disco de Xenakis.
Del territorio de Silvia, otra vez invisible, vino Graciela
la sabelotodo; le tendí la vieja percha de la sonrisa, las
manos que la ayudaron a instalarse en mis rodillas; me valí
de sus apasionantes noticias sobre un escarabajo peludo
para desligarme de la conversación sin que Borel me cre-
yera descortés, apenas pude le pregunté en voz baja si
Renaud se había hecho daño.

—Pero no, tonto, no es nada. Siempre se cae, tiene solamente dos años, vos te das cuenta. Silvia le puso agua en el chichón.

—¿Quién es Silvia, Graciela?

Me miró como sorprendida.

—Una amiga nuestra.

—¿Pero es hija de algunos de estos señores?

—Estás loco —dijo razonablemente Graciela—. Silvia es nuestra amiga. ¿Verdad, mamá, que Silvia es nuestra amiga?

Nora suspiró, colocando la última servilleta junto a mi plato.

—¿Por qué no te volvés con los chicos y dejás en paz a Fernando? Si se pone a hablarte de Silvia vas a tener para rato.

—¿Por qué, Nora?

—Porque desde que la inventaron nos tienen aturdidos con su Silvia —dijo Javier.

—Nosotros no la inventamos —dijo Graciela, agarrándome la cara con las dos manos para arrancarme a los grandes—. Pregúntales a Lolita y a Alvaro, vas a ver.

—¿Pero quén es Silvia? —repetí.

Nora ya estaba lejos para escuchar, y Borel discutía otra vez con Javier y Raúl. Los ojos de Graciela estaban fijos en los míos, su boca sacaba como una trompita entre burlona y sabihonda.

—Ya te dije, bobo, es nuestra amiga. Ella juega con nosotros cuando quiere, pero no a los indios porque no le gusta. Ella es muy grande, comprendés, por eso lo cuida tanto a Renaud que solamente tiene dos años y se hace caca en la bombacha.

—¿Vino con el señor Borel? —pregunté en voz baja—. ¿O con Javier y Magda?

—No vino con nadie —dijo Graciela—. Preguntales a Lolita y a Alvaro, vas a ver. A Renaud no le preguntés porque es muy chiquito y no comprende. Dejame que me tengo que ir.

Raúl, que siempre parece asistido por un radar, se arrancó a una reflexión sobre el letrismo para hacerme un gesto compasivo.

—Nora te previno, si les seguís el tren te van a a volver loco con su Silvia.

—Fue Alvaro —dijo Magda—. Mi hijo es un mitómano y contagia a todo el mundo.

Raúl y Magda me seguían mirando, hubo una fracción de segundo en que yo pude haber dicho: «No entiendo», para forzar las explicaciones, o directamente: «Pero Silvia está ahí, acabo de verla.» No creo, ahora que tengo demasiado tiempo para pensarlo, que la intervención distraída de Borel me impidiera decirlo. Borel acababa de preguntarme algo sobre *La casa verde;* empecé a hablar sin saber lo que decía, pero en todo caso no me dirigía ya a Raúl y a Magda. Vi a Liliane que se acercaba a la mesa de los chicos y los hacía sentarse en taburetes y cajones viejos; el fuego los iluminaba como en los grabados de las novelas de Héctor Malot o de Dickens, las ramas del tilo se cruzaban por momentos entre una cara o un brazo alzado, se oían risas y protestas. Yo hablaba de Fushía con Borel, me dejaba llevar corriente abajo en esa balsa de la memoria donde Fushía estaba tan terriblemente vivo. Cuando Nora me trajo un plato de carne le murmuré al oído: «No entendí demasiado eso de los chicos.»

—Ya está, vos también caíste —dijo Nora, echando una mirada compasiva a los demás—. Menos mal que después se irán a dormir porque sos una víctima nata, Fernando.

—No le hagas caso —se cruzó Raúl—. Se ve que no tenés práctica, tomás demasiado en serio a los pibes. Hay que oírlos como quien oye llover, viejo, o es la locura.

Tal vez en ese momento perdí el posible acceso al mundo de Silvia, jamás sabré por qué acepté la fácil hipótesis de una broma, de que los amigos me estaban tomando el pelo (Borel no, Borel seguía por su camino que ya llegaba a Macondo); veía otra vez a Silvia que acababa de asomar de la sombra y se inclinaba entre Graciela y Alvaro como para ayudarlos a cortar la carne o quizá comer un bocado; la sombra de Liliane que venía a sentarse con nosotros se interpuso, alguien me ofreció vino; cuando miré de nuevo, el perfil de Silvia estaba como encendido por las brasas, el pelo le caía sobre un hombro, se deslizaba fundiéndose con la sombra de la cintura. Era tan hermosa que me ofen-

dió la broma, el mal gusto, me puse a comer de cara al
plato, escuchando de reojo a Borel que me invitaba a unos
coloquios universitarios; si le dije que no iría fue por culpa
de Silvia, por su involuntaria complicidad en la diversión
socarrona de mis amigos. Esa noche no vi más a Silvia;
cuando Nora se acercó a la mesa de los chicos con queso
y frutas ella y Lolita se ocuparon de hacer comer a Renaud
que se iba quedando dormido. Nos pusimos a hablar de
Onetti y de Felisberto, bebimos tanto vino en su honor
que un segundo viento belicoso de sioux y de charrúas
envolvió el tilo; trajeron a los chicos para que se dijeran
buenas noches, Renaud en los brazos de Liliane.

—Me tocó una manzana con gusano —me dijo Graciela
con una enorme satisfacción—. Buenas noches, Fernando,
sos muy malo.

—¿Por qué, mi amor?

—Porque no viniste ni una sola vez a nuestra mesa.

—Es cierto, perdoname. Pero ustedes tenían a Silvia,
¿verdad?

—Claro, pero lo mismo.

—Este se la sigue —dijo Raúl mirándome con algo que
debía ser piedad—. Te va a costar caro, esperá que te
agarren bien despierto con su famosa Silvia, te vas a arre-
pentir, hermano.

Graciela me humedeció el mentón con un beso que olía
fuertemente a yogourt y a manzana. Mucho más tarde, al
final de una charla en la que el sueño empezaba a sustituir
las opiniones, los invité a cenar en mi casa. Vinieron el
sábado pasado hacia las siete, en dos autos; Alvaro y Lolita
traían un barrilete de género y so pretexto de remontarlo
acabaron inmediatamente con mis crisantemos. Yo dejé a
las mujeres que se ocuparan de las bebidas, comprendí
que nadie le impediría a Raúl tomar el timón del asado;
les hice visitar la casa a los Borel y a Magda, los instalé
en el líving frente a mi óleo de Julio Silva y bebí un rato
con ellos, fingiendo estar allí y escuchar lo que decían;
por el vetanal se veía el barrilete en el viento, se escuchaban
los gritos de Lolita y Alvaro. Cuando Graciela apareció
con un ramo de pensamientos fabricado presumiblemente a
costa de mi mejor cantero, salí al jardín anochecido y

ayudé a remontar más alto el barrilete. La sombra bañaba
las colinas en el fondo del valle y se adelantaba entre los
cerezos y los álamos pero sin Silvia, Alvaro no había
necesitado de Silvia para remontar el barrilete.

—Colea lindo —le dije, probándolo, haciéndolo ir y
venir.

—Sí pero tené cuidado, a veces pica de cabeza y esos
álamos son muy altos —me previno Alvaro.

—A mí no se me cae nunca —dijo Lolita, quizá celosa de
mi presencia—. Vos le tirás demasiado del hilo, no sabés.

—Sabe más que vos —dijo Alvaro en rápida alianza
masculina—. ¿Por qué no te vas a jugar con Graciela, no
ves que molestas?

Nos quedamos solos, dándole hilo al barrilete. Esperé el
momento en que Alvaro me aceptara, supiera que era tan
capaz como él de dirigir el vuelo verde y rojo que se des-
dibujaba cada vez más en le penumbra.

—¿Por qué no trajeron a Silvia? —pregunté, tirando un
poco del hilo.

Me miró de reojo entre sorprendido y socarrón, y me
sacó el hilo de las manos, degradándome sutilmente.

—Silvia viene cuando quiere —dijo recogiendo el hilo.

—Bueno, hoy no vino, entonces.

—¿Qué sabés vos? Ella viene cuando quiere, te digo.

—Ah. ¿Y por qué tu mamá dice que vos la inventaste
a Silvia?

—Mira como colea —dijo Alvaro—. Che, es un barrilete
fenómeno, el mejor de todos.

—¿Por qué no me constestas, Alvaro?

—Mamá se cree que yo la inventé —dijo Alvaro—.
¿Y vos por qué no lo creés, eh?

Bruscamente vi a Graciela y a Lolita a mi lado. Habían
escuchado las últimas frases, estaban ahí mirándome fijamente; Graciela removía lentamente un pensamiento violeta entre los dedos.

—Porque yo no soy como ellos —dije—. Yo la vi, saben.

Lolita y Alvaro curzaron una larga mirada, y Graciela
se me acercó y me puso el pensamiento en la mano. El hilo
del barrilete se tendió de golpe. Alvaro le dio juego, lo
vimos perderse en la sombra.

—Ellos no creen porque son tontos —dijo Graciela—.
Mostrame donde tenés el baño y acompañame a hacer pis.

La llevé hasta la escalera exterior, le mostré el baño y le
pregunté si no se perdería para bajar. En la puerta del baño,
con una expresión en la que había como un reconocimiento,
Graciela me sonrió.

—No, andate nomás, Silvia me va a acompañar.

—Ah, bueno —dije luchando contra vaya a saber qué,
el absurdo o la pesadilla o el retardo mental—. Entonces
vino, al final.

—Pero claro, sonso —dijo Graciela—. ¿No la ves ahí?

La puerta de mi dormitorio estaba abierta, las piernas desnudas de Silvia se dibujaron sobre la colcha roja de la
cama. Graciela entró en el baño y oí que corría el pestillo.
Me acerqué al dormitorio, vi a Silvia durmiendo en mi
cama, el pelo como una medusa de oro sobre la almohada.
Entorné la puerta a mi espalda, me acerqué no sé cómo.
aquí hay huecos y látigos, un agua que corre por la cara
cegando y mordiendo, un sonido como de profundidades
fragosas, un instante sin tiempo, insoportablemente bello.
No sé si Silvia estaba desnuda, para mí era como un álamo
de bronce y de sueño, creo que la vi desnuda aunque luego
no, debí imaginarla por debajo de lo que llevaba puesto,
la línea de las pantorrillas y los muslos la dibujaba de
lado contra la colcha roja, seguí la suave curva de la grupa
abandonada en el avance de una pierna, la sombra de la
cintura hundida, los pequeños senos imperiosos y rubios.
«Silvia», pensé, incapaz de toda palabra, «Silvia, Silvia, pero
entonces...» La voz de Graciela restalló a través de dos
puertas como si me gritara al oído: «¡Silvia, vení a bus-
carme!» Silvia abrió los ojos, se sentó en el borde de la
cama; tenía la misma minifalda de la primera noche, una
blusa escotada, sandalias negras. Pasó a mi lado sin mirarme y abrió la puerta. Cuando salí, Graciela bajaba
corriendo la escalera y Liliane, llevando a Renaud en los
brazos, se cruzaba con ella camino del baño y del mercuro-
cromo para el porrazo de las siete y media. Ayudé a consolar y a curar, Borel subía inquieto por los berridos de su
hijo, me hizo un sonriente reproche por mi ausencia, baja-
mos al líving para beber otra copa, todo el mundo andaba

por la pintura de Graham Sutherland, fantasmas de ese tipo, teorías y entusiasmos que se perdían en el aire con el humo del tabaco. Magda y Nora concentraban a los chicos para que comieran estratégicamente aparte; Borel me dio su dirección, insistiendo en que le enviara la colaboración prometida a una revista de Poitiers, me dijo que partían a la mañana siguiente y que se llevaban a Javier y a Magda para hacerles visitar la región. «Silvia se irá con ellos», pensé oscuramente, y busqué una caja de fruta abrillantada el pretexto para acercarme a le mesa de los chicos, quedarme allí un momento. No era fácil preguntarles, comían como lobos y me arrebataron los dulces en la mejor tradición de los sioux y los tehuelches. No sé por qué le hice la pregunta a Lolita, limpiándole de paso la boca con la servilleta.

—¿Qué sé yo? —dijo Lolita—. Preguntale a Alvaro.

—Y yo qué sé —dijo Alvaro, vacilando entre una pera y un higo—. Ella hace lo que quiere, a lo mejor se va por ahí.

—¿Pero con quién de ustedes vino?

—Con ninguno —dijo Graciela, pegándome una de sus mejores patadas por debajo de la mesa—. Ella estuvo aquí y ahora quién sabe, Alvaro y Lolita se vuelven a la Argentina y con Renaud te imaginás que no se va a quedar porque es muy chico, esta tarde se tragó una avispa muerta, qué asco.

—Ella hace lo que quiere, igual que nosotros —dijo Lolita.

Volví a mi mesa, vi terminarse la velada en una niebla de coñac y de humo. Javier y Magda se volvían a Buenos Aires (Alvaro y Lolita se volvían a Buenos Aires) y los Borel irían el año próximo a Italia (Renaud iría el año próximo a Italia).

—Aquí nos quedamos los más viejos —dijo Raúl. (Entonces Graciela se quedaba pero Silvia era los cuatro, Silvia era cuando estaban los cuatro y yo sabía que jamás volverían a encontrarse).

Raúl y Nora siguen todavía aquí, en nuestro valle del Luberon, anoche fui a visitarlos y charlamos de nuevo bajo el tilo; Graciela me regaló un mantelito que acababa de bordar con punto cruz, supe de los saludos que me había dejado Javier, Magda y los Borel. Comimos en el jardín. Graciela se negó a irse temprano a la cama, jugó conmigo a las adivinanzas. Hubo un momento en que nos quedamos solos, Graciela buscaba la respuesta a la adivinanza sobre la luna, no acertaba y su orgullo sufría.

—¿Y Silvia? —le pregunté, acariciándole el pelo.

—Mira que sos tonto —dijo Graciela—. ¿Vos te creías que esta noche iba a venir por mí solita?

—Menos mal —dijo Nora, saliendo de la sombra—. Menos mal que no va a venir por vos solita, porque ya nos tenían hartos con ese cuento.

—Es la luna —dijo Graciela—. Qué adivinanza tan sonsa, che.

Gli automobilisti accaldati sembrano non avere storia... Come realtà, un ingorgo automobilistico impressiona ma non ci dice gran che.

Arrigo Benedetti, «L'Espresso», Roma, 21/6/1946.

Al principio la muchacha del Dauphine había insistido en llevar la cuenta del tiempo, aunque al ingeniero del Peugeot 404 le daba ya lo mismo. Cualquiera podía mirar su reloj pero era como si ese tiempo atado a la muñeca derecha o el *bip bip* de la radio midieran otra cosa, fueran el tiempo de los que no han hecho la estupidez de querer regresar a París por la autopista del sur un domingo de tarde y, apenas salidos de Fontainebleau, han tenido que ponerse al paso, detenerse, seis filas a cada lado (ya se sabe que los domingos la autopista está íntegramente reservada a los que regresan a la capital), poner en marcha el motor, avanzar tres metros, detenerse, charlar con los dos monjas del 2HP a la derecha, con la muchacha del Dauphine a la izquierda, mirar por el retrovisor al hombre pálido que conduce un Caravelle, envidiar irónicamente la felicidad avícola del matrimonio del Peugeot 203 (detrás del Dauphine de la muchacha) que juega con su niñita y hace bromas y come queso, o sufrir de a ratos los desbordes exasperados de los dos jovencitos del Simca que precede al

Peugeot 404, y hasta bajarse en los altos explorar sin alejarse mucho (porque nunca se sabe en qué momento
los autos de más adelante reanudarén la marcha y habrá
que correr para que los de atrás no inicien la guerra de las
bocinas y los insultos), y así llegar a la altura de un Taunus
delante del Dauphine de la muchacha que mira a cada
momento la hora, y cambiar unas frases descorazonadas o
burlonas con los dos hombres que viajan con el niño rubio
cuya inmensa diversión en esas precisas circunstancias con-
siste en hacer correr libremente su autito de juguete sobre
los asientos y el reborde posterior del Taunus, o atreverse
y avanzar todavía un poco más, puesto que no parece que
los autos de adelante vayan a reanudar la marcha, y con-
templar con alguna lástima al matrimonio de ancianos en
el ID Citroën que parece una gigantesca bañera violeta
donde sobrenadan los dos viejitos, él descansado los ante-
brazos en el volante con un aire de paciente fatiga, ella
mordisqueando una manzana con más aplicación que ganas.
   A la cuarta vez de encontrarse con todo eso, de hacer
todo eso, el ingeniero había decidido no salir más de su
coche, a la espera de que la policía disolviese de alguna
manera el embotellamiento. El calor de agosto se sumaba
a ese tiempo a ras de neumáticos para que la inmovilidad
fuese cada vez más enervante. Todo era olor a gasolina,
gritos destemplados de los jovencitos del Simca, brillo del
sol rebotando en los cristales y en los bordes cromados,
y para colmo la sensación contradictoria del encierro en
plena selva de máquinas pensadas para correr. El 404 del
ingeniero ocupaba el segundo lugar de la pista de la derecha contando desde la franja divisoria de las dos pistas,
con lo cual tenía otros cuatro autos a su derecha y siete
a su izquierda, aunque de hecho sólo pudiera ver distintamente los ocho coches que lo rodeaban y sus ocupantes que
ya había detallado hasta cansarse. Había charlado con
todos, salvo con los muchachos del Simca que le caían
antipáticos; entre trecho y trecho se había discutido la
situación en sus menores detalles, y la impresión general
era que hasta Corbeil-Essonnes se avanzaría al paso o poco
menos, pero que entre Corbeil y Juvisy el ritmo iría ace-
lerándose una vez que los helicópteros y los motociclistas

lograran quebrar lo peor del embotellamiento. A nadie le
cabía duda de que algún accidente muy grave debía haberse
producido en la zona, única explicación de una lentitud tan
increíble. Y con eso el gobierno, el calor, los impuestos, la
vialidad, un tópico tras otro, tres metros, otro lugar
común, cinco metros, una frase sentenciosa o una maldición
contenida.

A las dos monjitas del 2HP les hubiera convenido llegar
a Milly-la-Fôret antes de las ocho, pues llevaban una cesta
de hortalizas para la cocinera. Al matrimonio del Peugeot 203 le importaba sobre todo no perder los juegos tele-
visados de las nueve y media; la muchacha del Dauphine
le había dicho al ingeniero que le daba lo mismo llegar
más tarde a París pero que se quejaba por principio, porque
le parecía un atropello someter a millares de personas a un
régimen de caravana de camellos. En esas últimas horas
(debían ser casi las cinco pero el calor los hostigaba insoportablemente) habían avanzado unos cincuenta metros a
juicio del ingeniero, aunque uno de los hombres del Taunus que se había acercado a charlar llevando de la mano al
niño con su autito, mostró irónicamente la copa de un
plátano solitario y la muchacha del Dauphine recordó que
ese plátano (si no era un castaño) había estado en la misma
línea que su auto durante tanto tiempo que ya ni valía
la pena mirar el reloj pulsera para perderse en cálculos
inútiles.

No atardecía nunca, la vibración del sol sobre la pista
y las carrocerías dilataba el vértigo hasta la náusea. Los
anteojos negros, los pañuelos con agua de colonia en la
cabeza, los recursos improvisados para protegerse, para
evitar un reflejo chirriante o las bocanadas de los caños
de escape a cada avance, se organizaban y perfeccionaban,
eran objeto de comunicación y comentario. El ingeniero
bajó otra vez para estirar las piernas, cambió unas palabras
con la pareja de aire campesino del Ariane que precedía
al 2HP de las monjas. Detrás del 2HP había un Volkswagen
con un soldado y una muchacha que parecían recién casa-
dos. La tercera fila hacia el exterior dejaba de interesarle
porque hubiera tenido que alejarse peligrosamente del 404;
veía colores, fomas, Mercedes Benz, ID, 4R, Lancia, Skoda,

Morris Minor, el catálogo completo. A la izquierda, sobre
la pista opuesta, se tendía otra maleza inalcanzable de
Renault, Anglia, Peugeot, Porsche, Volvo; era tan monótono que al final, después de charlar con los dos hombres
del Taunus y de intentar sin éxito un cambio de impresiones
con el solitario conductor del Caravelle, no quedaba nada
mejor que volver al 404 y reanudar la misma conversación
sobre la hora, las distancias y el cine con la muchacha del
Dauphine.

A veces llegaba un extranjero, alguien que se deslizaba
entre los autos viniendo desde el otro lado de la pista o
desde las filas exteriores de la derecha, y que traía alguna
noticia probablemente falsa repetida de auto en auto a lo
largo de calientes kilómetros. El extranjero saboreaba el
éxito de sus novedades, los golpes de las portezuelas
cuando los pasajeros se precipitaban para comentar lo
sucedido, pero al cabo de un rato se oía alguna bocina
o el arranque de un motor, y el extranjero salía corriendo,
se lo veía zigzaguear entre los autos para reintegrarse al
suyo y no quedar expuesto a la justa cólera de los demás.
A lo largo de la tarde se había sabido así del choque de un
Floride contra un 2HP cerca de Corbeil, tres muertos y
un niño herido, el doble choque de un Fiat 1500 contra
un furgón Renault que había aplastado a un Austin lleno
de turistas ingleses, el vuelco de un autocar de Orly col-
mado de pasajeros procedentes del avión de Copenhague.
El ingeniero estaba seguro de que todo o casi todo era
falso, aunque algo grave debía haber ocurrido cerca de
Corbeil e incluso en las proximidades de París para que la
circulación se hubiera paralizado hasta ese punto. Los campesinos del Ariane, que tenían una granja del lado de
Montereau y conocían bien la región, contaban de otro
domingo en que el tránsito había estado detenido durante
cinco horas, pero ese tiempo empezaba a parecer casi
nimio ahora que el sol acostándose hacia la izquierda de
la ruta, volcaba en cada auto una última avalancha de jalea
anaranjada que hacía hervir los metales y ofuscaba la vista,
sin que jamás una copa de árbol desapareciera del todo a la
espalda, sin que otra sombra apenas entrevista a la distancia
se acercara como para poder sentir de verdad que la columna

se estaba moviendo aunque fuera apenas, aunque hubiera que detenerse y arrancar y bruscamente clavar el freno y no salir nunca de la primera velocidad, del desencanto insultante de pasar una vez más de la primera al punto muerto, freno de pie, freno de mano, stop, y así otra vez y otra vez y otra.

En algún momento, harto de inacción, el ingeniero se había decidido a aprovechar un alto especialmente interminable para recorrer las filas de la izquieda, y dejando a su espalda el Dauphine había encontrado un DKW, otro 2HP, un Fiat 600, y se había detenido junto a un De Soto para cambiar impresiones con el azorado turista de Washington que no entendía casi el francés pero que tenía que estar a los ocho en la Place de l'Opére sin falta you understand, my wifewill de awfully anxious, damn it, y se hablaba un poco de todo cuando un hombre con aire de viajante de comercio salió del DKW para contarles que alguien había llegado un rato antes con la noticia de que un Piper Cub se había estrellado en plena autopista, varios muertos. Al americano el Piper Cub lo tenía profundamente sin cuidado, y también al ingeniero que oyó un coro de bocinas y se apresuró a regresar al 404, trasmitiendo de paso las novedades a los dos hombres del Taunus y al matrimonio del 203. Reservó una explicación más detallada para la muchacha del Dauphine mientras los coches avanzaban lentamente unos pocos metros (ahora el Dauphine estaba ligeramente retrasado con relación al 404, y más tarde sería al revés, pero de hecho las doce filas se movían prácticamente en bloque, como si un gerdarme invisible en el fondo de la autopista ordenara el avance simultáneo sin que nadie pudiese obtener ventajas). Piper Cub, señorita, es un pequeño avión de paseo. Ah. Y la mala idea de estrellarse en plena autopista un domingo de tarde. Esas cosas. Si por lo menos hiciera menos calor en los condenados autos, si esos árboles de la derecha quedaran por fin a la espalda, si la última cifra del cuenta kilómetros acabara de caer en su agujerito negro en vez de seguir suspendida por la cola, interminablemente.

En algún momento (suavemente empezaba a anochecer, el horizonte de techos de automóviles se teñía de lila) una gran mariposa blanca se posó en el parabrisas del Dauphine, y la muchacha y el ingeniero admiraron sus alas en la breve y perfecta suspensión de su reposo; la vieron alejarse con una exasperada nostalgia, sobrevolar el Taunus, el ID violeta de los ancianos, ir hacia el Fiat 600 ya invisible desde el 404, regresar hacia el Simca donde una mano cazadora trató inútilmente de atraparla, aletear amablemente sobre el Ariane de los campesinos que parecían estar comiendo alguna cosa, y perderse después hacia la derecha. Al anochecer la columna hizo un primer avance importante, de casi cuarenta metros; cuando el ingeniero miró distraídamente el cuenta kilómetros, la mitad del 6 había desaparecido y un asomo de 7 empezaba a descolgarse de lo alto. Casi todo el mundo escuchaba sus radios, los del Simca la habían puesto a todo trapo y coreaban un twist con sacudidas que hacían vibrar la carrocería; las monjas pasaban cuentas de sus rosarios, el niño del Taunus se había dormido con la cara pegada a un cristal, sin soltar el auto de juguete. En algún momento (ya era noche cerrada) llegaron extranjeros con más noticias, tan contradictorias como las otras ya olvidadeas. No había sido un Piper Cub sino un planeador piloteado por la hija de un general. Era exacto que un furgón Renault había aplastado a un Austin, pero no en Juvisy sino casi en las puertas de París; uno de los extranjeros explicó al matrimonio del 203 que el macadam de la autopista había cedido a la altura de Igny y que cinco autos habían volcado al meter las ruedas delanteras en la grieta. La idea de una catástrofe natural se propagó hasta el ingeniero, que se encogió de hombros sin hacer comentarios. Más tarde, pensando en esas primeras horas de oscuridad en que habían respirado un poco más libremente, recordó que el algún momento había sacado el brazo por la ventanilla para tamborielar en la carrocería del Dauphine y despertar a la muchacha que se había dormido reclinada sobre el volante, sin preocuparse de un nuevo avance. Quizá ya era medianoche cuando una de las monjas le ofreció tímidamente un sándwich de jamón, suponiendo que tendría hambre. El ingeniero lo aceptó por cortesía (en realidad sentía náuseas) y pidió permiso para dividirlo con la muchacha del Dauphine, que aceptó y comió golosamente el sándwich y la tableta de chocolate que le había pasado el viajante del DKW, su vecino de la izquierda. Mucha gente había salido de los autos recalentados, porque otra vez llevaban horas sin avanzar; se empezaba a sentir sed, ya agotadas las botellas de limonada, la coca-cola y hasta los vinos de a bordo. La primera en quejarse fue la niña del 203, y el soldado y el ingeniero abandonaron los autos junto con el padre de la niña para buscar agua. Delante del Simca, donde la radio parecía suficiente alimento, el ingeniero encontró un Beaulieu ocupado por una mujer madura de ojos inquietos. No, no tenía agua pero podía darle unos caramelos para la niña. El matrimonio del ID se consultó un momento antes de que la anciana metiera la mano en un bolso y sacara una pequeña lata de jugo de frutas. El ingeniero agradeció y quiso saber si tenían hambre y si podía serles útil; el viejo movió negativamente la cabeza, pero la mujer pareció asentir sin palabras. Más tarde la muchacha del Dauphine y el ingeniero exploraron juntos las filas de la izquierda, sin alejarse demasiado; volvieron con algunos bizcochos y los llevaron a la anciana del ID, con el tiempo justo para regresar corriendo a sus autos bajo una lluvia de bocinas.

Aparte de esas mínimas salidas, era tan poco lo que podía hacerse que las horas acababan por superponerse, por ser siempre la misma en el recuerdo; en algún momento el ingeniero pensó en tachar ese día en su agenda y contuvo una risotada, pero más adelante, cuando empezaron los cálculos contradictorios de las monjas, los hombres del Taunus y la muchacha del Dauphine, se vio que hubiera convenido llevar mejor la cuenta. Las radios locales habían suspendido las emisiones, y sólo el viajante del DKW tenía un aparato de ondas cortas que se empeñaba en transmitir noticias bursátiles. Hacia las tres de la madrugada pareció llegarse a un acuerdo tácito para descansar, y hasta el amanecer la columna no se movió. Los muchachos del Simca sacaron unas camas neumáticas y se tendieron al lado del auto; el ingeniero bajó el respaldo de los asientos delanteros del 404 y ofreció las cuchetas a las monjas, que rehusaron; antes de acostarse un rato el ingeniero pensó en la muchacha del Dauphine, muy quieta contra el volante, y como sin darle importancia le propuso que cambiaran

de autos hasta el amanecer; ella se negó, alegando que podía
dormir muy bien de cualquier manera. Durante un rato se
oyó llorar al niño del Taunus, acostado en el asiento trasero
donde debía tener demasiado calor. Las monjas rezaban
todavía cuando el ingeniero se dejó caer en la cucheta y se
fue quedando dormido, pero su sueño seguía demasiado
cerca de la vigilia y acabó por despertarse sudoroso e inquieto, sin comprender en un primer momento dónde
estaba; enderezándose, empezó a percibir los confusos
movimientos del exterior, un deslizarse de sombras entre los
autos, y vio un bulto que se alejaba hacia el borde de la autopista; adivinó las razones, y más tarde también él salió
del auto sin hacer ruido y fue a aliviarse al borde de la ruta;
no había setos ni árboles, solamente el campo negro y sin
estrellas, algo que parecía un muro abstracto limitando la
cinta blanca del macadam con su río inmóvil de vehículos.
Casi tropezó con el campesino del Ariane, que balbuceó una
frase ininteligible; al olor de la gasolina, persistente en la
autopista recalentada, se sumaba ahora la presencia más
ácida del hombre, y el ingeniero volvió lo antes posible
a su auto. La chica del Dauphine dormía apoyada sobre el
volante, un mechón de pelo contra los ojos; antes de subir
al 404, el ingeniero se divirtió explorando en la sombra
su perfil, adivinando la curva de los labios que soplaban
suavemente. Del otro lado, el hombre del DKW miraba
también dormir a la muchacha, fumando en silencio.

Por la mañana se avanzó muy poco pero lo bastante como
para darles la esperanza de que esa tarde se abriría la ruta
hacia París. A las nueve llegó un extrajero con buenas
noticias: habían rellenado las grietas y pronto se podría
circular normalmente. Los muchachos del Simca encendieron la radio y uno de ellos trepó al techo del auto y
gritó y cantó. El ingeniero se dijo que la noticia era tan
dudosa como las de la víspera, y que el extranjero había
aprovechado la alegría del grupo para pedir y obtener una
naranja que le dio el matrimonio del Ariane. Más tarde
llegó otro extranjero con la misma treta, pero nadie quiso
darle nada. El calor empezaba a subir y la gente prefería
quedarse en los autos a la espera de que se concretaran
las buenas noticias. A mediodía la niña del 203 empezó a

llorar otra vez, y la muchacha del Dauphine fue a jugar
con ella y se hizo amiga del matrimonio. Los del 203 no
tenían suerte: a su derecha estaba el hombre silencioso del
Caravella, ajeno a todo lo que ocurría en torno, y a su
izquierda tenían que aguantar la verbosa indignación del
conductor de un Floride, para quien el embotellamiento
era una afrenta exclusivamente personal. Cuando la niña
volvió a quejarse de sed, al ingeniero se le ocurrió ir a
hablar con los campesinos del Ariane, seguro de que en
ese auto había cantidad de provisiones. Para su sorpresa
los campesinos se mostraron muy amables; comprendían
que en una situación semejante era necesario ayudarse, y
pensaban que si alguien se encargaba de dirigir el grupo
(la mujer hacía un gesto circular con la mano, abarcando
la docena de autos que los rodeaba) no se pasarían apreturas
hasta llegar a París. Al ingeniero lo molestaba la idea de
erigirse en organizador, y prefirió llamar a los hombres
del Taunus para conferenciar con ellos y con el matrimonio
del Ariane. Un rato después consultaron sucesivamente a
todo los del grupo. El joven soldado del Volkswagen
estuvo inmediatamente de acuerdo, y el matrimonio del 203
ofreció las pocas provisiones que les quedaban (la muchcha
del Dauphine había conseguido un vaso de granadina con
agua para la niña, que reía y jugaba). Uno de los hombres
del Taunus, que había ido a consultar a los muchachos del
Simca, obtuvo un asentimiento burlón; el hombre pálido
del Caravella se encogió de hombros y dijo que le daba
lo mismo, que hicieran lo que les pareciese mejor. Los
ancianos del ID y la señora del Beaulieu se mostraron
visiblemente contentos, como si se sintieran más protegidos.
Los pilotos del Floride y del DKW no hicieron observa-
ciones, y el americano del De Soto los miró asombrado
y dijo algo sobre la voluntad de Dios. Al ingeniero le
resultó fácil proponer que uno de los ocupantes del Taunus,
en el que tenía una confianza instintiva, se encargara de
coordinar las actividades. A nadie le faltaría de comer por
el momento, pero era necesario conseguir agua; el jefe, al
que los muchachos del Simca llamaban Taunus a secas
para divertirse, pidió al ingeniero, al soldado y a uno de
los muchachos que exploraran la zona circundante de la

autopista y ofrecieran alimentos a cambio de bebidas. Taunus, que evidentemente sabía mandar, había calculado que deberían cubrirse las necesidades de un día y medio como máximo, poniéndose en la posición menos optimista. En el 2HP de las monjas y en el Ariane de los campesinos había provisiones suficientes para ese tiempo, y si los exploradores volvían con agua el problema quedaría resuelto. Pero solamente el soldado regresó con una cantimplora llena, cuyo dueño exigía en cambio comida para dos personas. El ingeniero no encontró a nadie que pudiera ofrecer agua, pero el viaje le sirvió para advertir que más allá de su grupo se estaban constituyendo otras células con problemas semejantes; en un momento dado el ocupante de un Alfa Romeo se negó a hablar con él del asunto, y le dijo que se dirigiera al representante de su grupo, cinco autos atrás en la misma fila. Más tarde vieron volver al muchacho del Simca que no había podido conseguir agua, pero Taunus calculó que ya tenían bastante los dos niños, la anciana del ID y el resto de las mujeres. El ingeniero le estaba contando a la muchacha del Dauphine su circuito de la periferia (era la una de la tarde, y el sol los acorralaba en los autos) cuando ella lo interrumpió con un gesto y le señaló el Simca. En dos saltos el ingeniero llegó hasta el auto y sujetó por el codo a uno de los muchachos, que se repantigaba en su asiento para beber a grandes tragos de la cantimplora que habíat raído escondida en la chaqueta. A su gesto iracundo, el ingeniero respondió aumentando la presión en el brazo; el otro muchacho bajó del auto y se tiró sobre el ingeniero, que dio dos paso atrás y lo esperó casi con lástima. El soldado ya venía corriendo, y los gritos de las monjas alertaron a Taunus y a su compañero; Taunus escuchó lo sucedido, se acercó al muchacho de la botella, y le dio un par de bofetadas. El muchacho gritó y protestó lloriqueando, mientras el otro rezongaba sin atreverse a intervenir. El ingeniero le quitó la botella y se la alcanzó a Taunus. Empezaban a sonar bocinas y cada cual regresó a su auto, por lo demás inútilmente puesto que la columna avanzó apenas cinco metros.

A la hora de la siesta, bajo un sol todavía más duro que la víspera, una de las monjas se quitó la toca y su compañera le mojó las sienes con agua de colonia. Las mujeres improvisaban de a poco sus actividades samaritanas, yendo de un auto a otro, ocupándose de los niños para que los hombres estuvieran más libres; nadie se quejaba pero el buen humor era forzado, se basaba siempre en los mismos juegos de palabras, en un escepticismo de buen tono. Para el ingeniero y la muchacha del Dauphine sentirse sudorosos y sucios era la vejación más grande; los enternecía casi la rotunda indiferencia del matrimonio de campesinos al olor que les brotaba de las axilas cada vez que venían a charlar con ellos o a repetir alguna noticia de último momento. Hacia el atardecer el ingeniero miró casualmente por el retrovisor y encontró como siempre la cara pálida y de rasgos tensos del hombre del Caravelle, que al igual que el gordo piloto del Floride se había mantenido ajeno a todas las actividades. Le pareció que sus facciones se habían afilado todavía más, y se preguntó si no estaría enfermo. Pero después, cuando al ir a charlar con el soldado y su mujer tuvo ocasión de mirarlo desde más cerca, se dijo que ese hombre no estaba enfermo; era otra cosa, una separación, por darle algún nombre. El soldado del Volkswagen le contó más tarde que a su mujer le daba miedo ese hombre silencioso que no se apartaba jamás del volante y que parecía dormir despierto. Nacían hipótesis, se creaba un folklore para luchar contra la inacción. Los niños del Taunus y el 203 se habían hecho amigos y se habían peleado y luego se habían reconciliado; sus padres se visitaban, y la muchacha del Dauphine iba cada tanto a ver cómo se sentían la anciana del ID y la señora del Beaulieu. Cuando al atardecer soplaron bruscamente unas ráfagas tormentosas y el sol se perdió entre las nubes que se alzaban al oeste, la gente se alegró pensando que iba a refrescar. Cayeron algunas gotas, coincidiendo con un avance extraordinario de casi cien metros; a lo lejos brilló un relámpago y el calor subió todavía más. Había tanta electricidad en la atmósfera que Taunus, con un instinto que el ingeniero admiró sin comentarios, dejó al grupo en paz hasta la noche, como si temiera los efectos del cansancio y el calor. A las ocho las mujeres se encargaron de distribuir las provisiones; se había decidido que el Ariane de los campesinos sería el

almacén general, y que el 2HP de las monjas serviría de
depósito suplementario. Taunus había ido en persona a
hablar con los jefes de los cuatro o cinco grupos vecinos;
después, con ayuda del soldado y el hombre del 203, llevó
una cantidad de alimentos a los otros grupos, regresando
con más agua y un poco de vino. Se decidió que los muchachos del Simca cederían sus colchones neumáticos a la
anciana del ID y a la señora del Beaulieu; la muchacha del
Dauphine, les llevó dos mantas escocesas y el ingeniero
ofreció su coche, que llamaba burlonamente el wagon-lit,
a quienes los necesitaran. Para su sorpresa, la muchacha
del Dauphine aceptó el ofrecimiento y esa noche compartió
las cuchetas del 404 con una de las monjas; la otra fue a
dormir al 203 junto a la niña y su madre, mientras el marido
pasaba la noche sobre el macadam, envuelto en una frazada.
El ingeniero no tenía sueño y jugó a los dados con Taunus
y su amigo; en algún momento se les agregó el campesino
del Ariane y hablaron de política bebiendo unos tragos
del aguardiente que el campesino había entregado a
Taunus esa mañana. La noche no fue mala; había refrescado
y brillaban algunas estrellas entre las nubes.

Hacia el amanecer, los ganó el sueño, esa necesidad de
estar a cubierto que nacía con la grisalla del alba. Mientras
Taunus dormía junto al niño en el asiento trasero, su amigo
y el ingeniero descansaron un rato en la delantera. Entre
dos imágenes de sueño, el ingeniero creyó oír gritos a la
distancia y vio un resplandor indistinto; el jefe de otro
grupo vino a decirle que treinta autos más adelante había
habido un principio de incendio en Estafette, provocado
por alguien que había querido hervir clandestinamente unas
legumbres. Taunus bromeó sobre lo sucedido mientras iba
de auto en auto para ver cómo habían pasado todos la
noche, pero a nadie se le escapó lo que quería decir. Esa
mañana la columna empezó a moverse muy temprano y
hubo de correr y agitarse para recuperar los colchones y
las mantas, pero como en todas partes debía estar suce-
diendo lo mismo casi nadie se impacientaba ni hacía sonar
las bocinas. A mediodía habían avanzado más de cincuenta
metros, y empezaba a divisarse la sombra de un bosque
a la derecha de la ruta. Se envidiaba la suerte de los que en

ese momento podían ir hasta la banquina y aprovechar la
frescura de la sombra; quizá había un arroyo, o un grifo
de agua potable. La muchacha del Dauphine cerró los
ojos y pensó en una ducha cayéndole por el cuello y la
espalda, corriéndole por las piernas; el ingeniero, que la
miraba de reojo, vio dos lágrimas que le resbalaban por
las mejillas.

Taunus, que acababa de adelantarse hasta el ID, vino a
buscar a las mujeres más jóvenes para que atendieran a la
anciana que no se sentía bien. El jefe del tercer grupo a
retaguardia contaba con un médico entre sus hombres, y
el soldado corrió a buscarlo. El ingeniero, que había
seguido con irónica benevolencia los esfuerzos de los mu-
chachitos del Simca para hacerse perdonar su travesura,
entendió que era el momento de darles su oportunidad.
Con los elementos de una tienda de campaña los muchachos
cubrieron las ventanillas del 404, y el wagon-lit se trasformó
en ambulancia para que la anciana descansara en una oscuridad relativa. Su marido se tendió a su lado, teniéndole la
mano, y los dejaron solos con el médico. Después las monjas se ocuparon de la anciana, que se sentía mejor, y el
ingeniero pasó la tarde como pudo, visitando otros autos
y descansando en el de Taunus cuando el sol castigaba
demasiado; sólo tres veces le tocó correr su auto, donde
los viejitos parecían dormir, para hacerlo avanzar junto
con la columna hasta el alto siguiente. Los ganó la noche
sin que hubiesen llegado a la altura del bosque.

Hacia las dos de la madrugada bajó la temperatura, y los
que tenían mantas se alegraron de poder envolverse en
ellas. Como la columna no se movería hasta el alba (era algo
que se sentía en el aire, que venía desde el horizonte de
autos inmóviles en la noche) el ingeniero y Taurus se sen-
taron a fumar y a charlar con el campesino del Ariane y el
soldado. Los cálculos de Taumus no correspondían ya a
la realidad, y lo dijo francamente; por la mañana habría
que hacer algo para conseguir más provisiones y bebidas.
El soldado fue a buscar a los jefes de los grupos vecinos,
que tampoco dormían, y se discutió el problema en voz
baja para no despertar a las mujeres. Los jefes habían
hablado con los responsables de los grupos más alejados,

en un radio de ochenta o cien automóviles, y tenían la
seguridad de que la situación era análoga en todas partes.
El campesino conocía bien la región y propuso que dos
o tres hombres de cada grupo salieran al alba para comprar provisiones en las granjas cercanas, mientras Taunus
se ocupaba de designar pilotos para los autos que quedaran
sin dueño durante la expedición. La idea era buena y no
resultó difícil reunir dinero entre los asistentes; se decidió
que el campesino, el soldado y el amigo de Taunus irían
juntos y llevarían todas las bolsas, redes y cantimploras
disponibles. Los jefes de los otros grupos volvieron a sus
unidades para organizar expediciones similares, y al amanecer se explicó la situación a las mujeres y se hizo lo necesario para que la columna pudiera seguir avanzando. La
muchacha del Dauphine le dijo al ingeniero que la anciana
ya estaba mejor y que insistía en volver a su ID; a las ocho
llegó el médico, que no vio inconveniente en que el matrimonio regresara a su auto. De todos modos, Taunus
decidió que el 404 quedaría habilitado permanentemente
como ambulancia; los muchachos, para divertirse, fabrica-
ron un banderín con una cruz roja y la fijaron en la antena
del auto. Hacía ya rato que la gente prefería salir lo menos
posible de sus coches; la temperatura seguía bajando y a
mediodía empezaron los chaparrones y se vieron relám-
pagos a la distancia. La mujer del campesino se apresuró a
recoger agua con un embudo y una jara de plástico, para
especial egocijo de los muchachos del Simca. Mirando todo
eso, inclinado sobre el volante donde había un libro abierto
que no le interesaba demasiado, el ingeniero se preguntó
por qué los expedicionarios tardaban tanto en regresar;
más tarde Taunus lo llamó discretamente a su auto y cuando
estuvieron dentro le dijo que habían fracasado. El amigo
de Taunus dio detalles: las granjas estaban abandonadas
o la gente se negaba a venderles nada, aduciendo las regla-
mentaciones sobre ventas a particulares y sospechando que
podían ser inspectores que se valían de las circunstancias
para ponerlos a prueba. A pesar de todo habían podido
traer una pequeña cantidad de agua y algunas provisiones,
quizá robadas por el soldado que sonreía sin entrar en
detalles. Desde luego ya no podía pasar mucho tiempo

sin que cesara el embotellamiento, pero los alimentos de que
se disponía no eran los más adecuados para los dos niños
y la anciana. El médico, que vino hacia las cuatro y media
para ver a la enferma, hizo un gesto de exasperación y
cansancio y dijo a Taumus que en su grupo y en todos los
grupos vecinos pasaba lo mismo. Por la radio se había
hablado de una operación de emergencia para despejar la
autopista, pero aparte de un helicóptero que apareció brevemente al anochecer no se vieron otros aprestos. De todas
maneras hacía cada vez menos calor, y la gente parecía
esperar la llegada de la noche para taparse con las mantas
y abolir en el sueño algunas horas más de espera. Desde
su auto el ingeniero escuchaba la charla de la muchacha
del Dauphine con el viajante del DKW, que le contaba
cuentos y la hacía reír sin ganas. Lo sorprendió ver a la
señora del Beaulieu que casi nunca abandonaba su auto, y
bajó para saber si necesitaba alguna cosa, pero la señora
buscaba solamente las últimas noticias y se puso a hablar
con las monjas. Un hastío sin nombre pesaba sobre ellos
al anochecer; se esperaba más del sueño que de las noticias
siempre contradictorias o desmentidas. El amigo de Taunus llegó discretamente a buscar al ingeniero, al soldado y
al hombre del 203. Taunus les anunció que el tripulante del
Floride acababa de desertar; unos de los muchachos del
Simca había visto el coche vacío, y después de un rato
se había puesto a buscar a su dueño para matar el tedio.
Nadie conocía mucho al hombre gordo del Floride, que
tanto había protestado el primer día aunque después acabara por quedarse tan callado como el piloto del Caravelle.
Cuando a las cinco de la mañana no quedó la menor duda
de que Floride, como se divertían en llamarlo los chicos
del Simca, había desertado llevándose una valija de mano
y abandonando otra llena de camisas y ropa interior,
Taunus decidió que uno de los muchachos se haría cargo
del auto abandonado para no inmovilizar la columna. A todos los había fastidiado vagamente esa deserción en la
oscuridad, y se preguntaban hasta dónde habría podido
llegar Floride en su fuga a través de los campos. Por lo
demás parecía ser la noche de las grandes decisiones: tendido en su cucheta del 404, al ingeniero le pareció oír un

quejido, pero pensó que el soldado y su mujer serían responsables de algo que, después de todo, resultaba comprensible en plena noche y en esas circunstancias. Después lo pensó mejor y levantó la lona que cubría la ventanilla trasera; a la luz de unas pocas estrellas vio a un metro y medio el eterno parabrisas del Caravelle y detrás, como pegada al vidrio y un poco ladeada, la cara convulsa del hombre. Sin hacer ruido salió por el lado izquierdo para no despertar a las monjas, y se acercó al Caravelle. Después buscó a Taunus, y el soldado corrió a prevenir al médico. Desde luego el hombre se había suicidado tomando algún veneno; las líneas a lápiz en la agenda bastaban, y la carta dirigida a una tal Yvette, alguien que lo había abandonado en Vierzon. Por suerte la costumbre de dormir en los autos estaba bien establecida (las noches eran ya tan frías que a nadie se le hubiera ocurrido quedarse fuera) y a pocos les preocupaba que otros anduvieran entre los coches y se deslizaran hacia los bordes de la autopista para alivarse. Taunus llamó a un consejo de guerra, y el médico estuvo de acuerdo con su propuesta. Dejar el cadáver al borde de la autopista significaba someter a los que venían más atrás a una sorpresa por lo menos penosa; llevarlo más lejos, en pleno campo, podía provocar la violenta repulsa de los lugareños, que la noche anterior habían amenazado y golpeado a un muchacho de otro grupo que buscaba de comer. El campesino del Ariane y el viajante del DKW tenían lo necesario para cerrar herméticamente el portaequipajes del Carabelle. Cuando empezaban su trabajo se les agregó la muchacha del Dauphine, que se colgó temblando del brazo del ingeniero. El le explicó en voz baja lo que acababa de ocurrir y la devolvió a su auto, ya más tranquila. Taunus y sus hombres habían metido el cuerpo en el portaequipajes, y el viajante trabajó con scoth tape y tubos de cola líquida y la luz de la linterna del soldado. Como la mujer del 203 sabía conducir, Taunus resolvió que su marido se haría cargo del Caravelle que quedaba a la derecha del 203; así, por la mañana, la niña del 203 descubrió que su papá tenía otro auto, y jugó horas y horas a pasar de uno a otro y a instalar parte de sus juguetes en el Caravelle.

Por primera vez el frío se hacía sentir en pleno día, y

nadie pensaba en quitarse las chaquetas. La muchacha del
Dauphine y las monjas hicieron el inventario de los abrigos
disponibles en el grupo. Había unos pocos pulóveres que
aparecían por casualidad en los autos o en alguna valija,
mantas, alguna gabardina o abrigo ligero. Se estableció una
lista de prioridades, se distribuyeron los abrigos. Otra vez
volvía a faltar el agua, y Taunus envió a tres de sus hombres, entre ellos el ingeniero, para que trataran de establecer
contacto con los lugareños. Sin que pudiera saberse por qué,
la resistencia exterior era total; bastaba salir del límite de
la autopista para que desde cualquier sitio llovieran piedras.
En plena noche alguien tiró una guadaña que golpeó sobre
el techo del DKW y cayó al lado del Dauphine. El viajante
se puso muy pálido y no se movió de su auto, pero el
americano del De Soto (que no formaba parte del grupo
de Taunus pero que todos apreciaban por su buen humor
y sus risotadas) vino a la carrera y después de revolear la
guadaña la devolvió campo afuera con todas sus fuerzas,
maldiciendo a gritos. Sin embargo, Taunus no creía que
conviniera ahondar la hostilidad; quizá fuese todavía posible hacer una salida en busca de agua.

Ya nadie llevaba la cuenta de lo que había avanzado ese
día o esos días; la muchacha del Dauphine creía que entre
ochenta y doscientos metros; el ingeniero era menos optimista pero se divertía en prolongar y complicar los cálculos
con su vecina, interesado de a ratos en quitarle la compañía
del viajante del DKW que le hacía la corte a su manera
profesional. Esa misma tarde el muchacho encargado del
Floride corrió a avisar a Taunus que un Ford Mercury
ofrecía agua a buen precio. Taunus se negó, pero al anochecer una de las monjas le pidió al ingeniero un sorbo
de agua para la anciana del ID que sufría sin quejarse,
siempre tomada de la mano de su marido y atendida alter-
nativamente por las monjas y la muchacha del Dauphine.
Quedaba medio litro de agua, y las mujeres lo destinaron
a la anciana y a la señora del Beaulieu. Esa misma noche
Taunus pagó de su bolsillo dos litros de agua; el Ford
Mercurio prometió conseguir más para el día siguiente,
al doble del precio.

Era difícil reunirse para discutir, porque hacía tanto frío

que nadie abandonaba los autos como no fuera por un
motivo imperioso. Las baterías empezaban a descargarse
y no se podía hacer funcionar todo el tiempo la calefacción;
Taunus decidió que los dos coches mejor equipados se
reservarían llegado el caso para los enfermos. Envueltos
en mantas (los muchachos del Simca habían arrancado el
tapizado de su auto para fabricarse chalecos y gorros, y
otros empezaban a imitarlos), cada uno trataba de abrir
lo menos posible las portezuelas para conservar el calor.
En algunas de esas noches heladas el ingeniero oyó llorar
ahogadamente a la muchacha del Dauphine. Sin hacer
ruido, abrió poco a poco la portezuela y tanteó en la sombra
hasta rozar una mejilla mojada. Casi sin resistencia la chica
se dejó atraer al 404; el ingeniero la ayudó a tenderse en la
cucheta, la abrigó con la única manta y le echó encima su
gabardina. La oscuridad era más densa en el coche ambulancia con sus ventanillas tapadas por las lonas de la tienda.
En algún momento el ingeniero bajó los dos parasoles
y colgó de ellos su camisa y un pulóver para aislar completamente el auto. Hacia el amanecer ella le dijo al oído que
antes de empezar a llorar había creído ver a lo lejos, sobre
la derecha, las luces de una ciudad.

Quizá fuera una ciudad pero las nieblas de la mañana no
dejaban ver ni a veinte metros. Curiosamente ese día la
columna avanzó bastante más, quizá doscientos o trescientos metros. Coincidió con nuevos anuncios de la radio (que
casi nadie escuchaba, salvo Taunus que se sentía obligado
a mantenerse al corriente); los locutores hablaban enfáti-
camente de medidas de excepción que liberarían la autopista, y se hacían referencias al agotador trabajo de las
cuadrillas camineras y de las fuerzas policiales. Bruscamente,
una de las monjas deliró. Mientras su compañera la con-
templaba aterrada y la muchacha del Dauphine le humede-
cía las sienes con un resto de perfume, la monja habló de
Armagedón, del noveno día, de la cadena de cinabrio.
El médico vino mucho después, abriéndose paso entre la
nieve que caía desde el mediodía y amurallaba poco a poco
los autos. Deploró la carencia de una inyección calmante
y aconsejó que llevaran a la monja a un auto con buena
calefacción. Taunus la instaló en su coche, y el niño pasó

al Caravelle donde también estaba su amiguita del 203;
jugaban con sus autos y se divertían mucho porque eran
los únicos que no pasaban hambre. Todo ese día y los
siguientes nevó casi de continuo, y cuando la columna
avanzaba unos metros había que despejar con medio improvisados las masas de nieve amontonadas entre los autos.

A nadie le hubiera ocurrido asombrarse por la forma en
que se obtenían las provisiones y el agua. Lo único que
podía hacer Taunus era administrar los fondos comunes y
tratar de sacar el mejor partido posible de algunos trueques.
El Ford Mercury y un Porsche venían cada noche a traficar
con las vituallas; Taunus y el ingeniero se encargaban de
distribuirlas de acuerdo con el estado físico de cada uno.
Increíblemente la anciana del ID sobrevivía, perdido en
un sopor que las mujeres se cuidaban de disipar. La señora
del Beaulieu que unos días antes había sufrido de náuseas
y vahídos, se había repuesto con el frío y era de las que más
ayudaban a la monja a cuidar a su compañera, siempre
débil y un poco extraviada. La mujer del soldado y la del
203 se encargaban de los dos niños; el viajante del DKW,
quizá para consolarse de que la ocupante del Dauphine
hubiera preferido al ingeniero, pasaba horas contándoles
cuentos a los niños. En la noche los grupos ingresaban
en otra vida sigilosa y privada; las portezuelas se abrían
silenciosamente para dejar entrar o salir alguna silueta
aterida; nadie miraba a los demás, los ojos estaban tan cie-
gos como la sombra misma. Bajo mantas sucias, con manos
de uñas crecidas, oliendo a encierro y a ropa sin cambiar,
algo de felicidad duraba aquí y allá. La muchacha del Dauphine no se había equivocado: a lo lejos brillaba una ciudad, y poco a poco se irían acercando. Por las tardes el
chico del Simca se trepaba al techo de su coche, vigía
incorregible envuelto en pedazos de tapizado y estopa
verde. Cansado de explorar el horizonte inútil, miraba por
milésima vez los autos que lo rodeaban; con alguna envidia
descubría a Dauphine en el auto 404, una mano acariciando un cuello, el final de un beso. Por pura broma,
ahora había reconquistado la amistad del 404, les gritaba
que la columna iba a moverse; entonces Dauphine tenía
que abandonar el 404 y entrar en su auto, pero al rato

volvía a pasarse en busca de calor, y al muchacho del Simca
le hubiera gustado tanto poder traer a su coche a alguna
chica de otro grupo, pero no era ni para pensarlo con ese
frío y esa hambre, sin contar que el grupo de más adelante
estaba en franco tren de hostilidad con el de Taunus por
una historia de un tubo de leche condensada, y salvo las
transacciones oficiales con Ford Mercury y con Porsche
no había relación posible con los otros grupos. Entonces
el muchacho del Simca suspiraba descontento y volvía a
hacer de vigía hasta que la nieve y el frío lo obligaban a
meterse tiritando en su auto.

Pero el frío empezó a ceder, y después de un período de
lluvias y vientos que enervaron los ánimos y aumentaron
las dificultades de aprovisionamiento, siguieron días frescos
y soleados en que ya era posible salir de los autos, visitarse,
reanudar relaciones con los grupos vecinos. Los jefes habían
discutido la situación, y finalmente se logró hacer la paz
con el grupo de más adelante. De la brusca desaparición de
Ford Mercury se habló mucho tiempo sin que nadie supiera
lo que había podido ocurrirle, pero Porsche siguió viniendo
y controlando el mercado negro. Nunca faltaban del todo
el agua o las conservas, aunque los fondos del grupo
disminuían y Taunus y el ingeniero se preguntaban qué
ocurriría el día en que no hubiera más dinero para Porsche.
Se habló de un golpe de mano, de hacerlo prisionero y
exigirle que revelara la fuente de los suministros, pero en
esos días la columna había avanzado un buen trecho y los
jefes prefirieron seguir esperando y evitar el riesgo de
echarlo todo a perder por una decisión violenta. Al ingeniero, que había acabado por ceder a una indiferencia casi
agradable, lo sobresaltó por un momento el tímido anuncio
de la muchacha del Dauphine, pero después comprendió
que no se podía hacer nada para evitarlo y la idea de tener
un hijo de ella acabó por parecerle tan natural como el
reparto nocturno de las provisiones o los viajes furtivos
hasta el borde de la autopista. Tampoco la muerte de la
anciana del ID podía sorprender a nadie. Hubo que trabajar otra vez en plena noche, acompañar y consolar al
marido que no se resignaba a entender. Entre dos de los
grupos de vanguardia estalló una pelea y Taunus tuvo que

oficiar de árbitro y resolver precariamente la diferencia.
Todo sucedía en cualquier momento, sin horarios previsibles; lo más importante empezó cuando ya nadie lo
esperaba, y al menos responsable le tocó darse cuenta el
primero. Trapado en el techo del Simca, el alegre vigía
tuvo la impresión de que el horizonte había cambiado
(era el atardecer, un sol amarillento deslizaba su luz rasante
y mezquina) y que algo inconcebible estaba ocurriendo a
quinientos metros, a trescientos, a doscientos cincuenta.
Se lo gritó al 404 y el 404 le dijo algo a Dauphine que se
pasó rápidamente a su auto cuando ya Taunus, el soldado
y el campesino venían corriendo y desde el techo del Simca
el muchacho señalaba hacia adelante y repetía interminablemente el anuncio como si qusiera convencerse de que lo
que estaba viendo era verdad; entonces oyeron la conmoción, algo como un pesado pero incontenible movimiento
migratorio que despertaba de un interminable sopor y
ensayaba sus fuerzas. Taunus les ordenó a gritos que volvieran a sus coches; el Beaulieu, el ID, el Fiat 600 y el
De Soto arrancaron con un mismo impulso. Ahora al 2HP,
el Taunus, el Simca y el Ariane empezaban a moverse, y el
muchacho del Simca, orgulloso de algo que era como un
triunfo, se volvía hacia el 404 y agitaba el brazo mientras
el 404, el Dauphine, el 2HP, de las monjas y el DKW se
ponían a su vez en marcha. Pero todo estaba en saber
cuánto iba a durar eso; el 404 se lo preguntó casi por
rutina mientras se mantenía a la par de Dauphine y le
sonreía para darle ánimo. Detrás, el Volkswagen, el Caravelle, el 203 y el Floride arrancaban a su vez lentamente,
un trecho en primera velocidad, después la segunda, interminablemente la segunda pero ya sin desembragar como
tantas veces, con el pie firme en el acelerador, esperando
poder pasar a tercera. Estirando el brazo izquierdo el 404
buscó la mano de Dauphine, rozó apenas la punta de sus
dedos, vio en su cara una sonrisa de incrédula esperanza
y pensó que iban a llegar a París y que se bañarían, que
irían juntos a cualquier lado, a su casa o a la de ella a
bañarse, a comer, a bañarse interminablemente y a comer
y beber, y que después habría muebles, habría un dormitorio con muebles y un cuarto de baño con espuma de jabón

para afeitarse de verdad, y retretes, comida y retretes y sábanas. París era un retrete y dos sábanas y el agua caliente por el pecho y las piernas, y una tijera de uñas, y vino blanco, beberían vino blanco antes de besarse y sentirse oler a lavanda y a colonia, antes de conocerse de verdad a plena luz, entre sábanas limpias, y volver a bañarse por juego, amarse y bañarse y beber y entrar en la peluquería, entrar en el baño, acariciar las sábanas y acariciarse entre las sábanas y amarse entre la espuma y la lavanda y los cepillos antes de empezar a pensar en lo que iban a hacer, en el hijo y los problemas y el futuro, y todo eso siempre que no se detuvieran, que la columna continuara aunque todavía no se pudiese subir a la tercera velocidad, seguir así en segunda, pero seguir. Con los paragolpes rozando el Simca, el 404 se echó atrás en el asiento, sintió aumentar la velocidad, sintió que podía acelerar sin peligro de irse contra el Simca, y que el Simca aceleraba sin peligro de chocar contra el Beaulieu, y que detrás venía el Caravelle y que todos aceleraban más y más, y que ya se podía pasar a tercera sin que el motor penara, y la palanca calzó increíblemente en la tercera y la marcha se hizo suave y se aceleró tocavía más, y el 404 miró enternecido y deslumbrado a su izquierda buscando los ojos de Dauphine. Era natural que con tanta aceleración las filas ya no se mantuvieran paralelas, Dauphine se había adelantado casi un metro y el 404 le veía la nuca y apenas el perfil, justamente cuando ella se volvía para mirarlo y hacía un gesto de sorpresa al ver que el 404 se retrasaba todavía más. Tranquilizándola con una sonrisa el 404 aceleró bruscamente, pero casi en seguida tuvo que frenar porque estaba a punto de rozar el Simca; le tocó secamente la bocina y el muchacho del Simca lo miró por el retrovisor y le hizo un gesto de impotencia, mostrándole con la mano izquierda el Beaulieu pegado a su auto. El Dauphine iba tres metros más adelante, a la altura del Simca, y la niña del 203, al nivel del 404, agitaba los brazos y le mostraba su muñeca. Una mancha roja a la derecha desconcertó al 404; en vez de 2HP de las monjas o del Volkswagen del soldado vio un Chevrolet desconocido, y casi en seguida el Chevrolet se adelantó seguido por un Lancia y por un Renault 8. A su izquierda se le apareaba

un ID que empezaba a sacarle ventaja metro a metro, pero
antes de que fuera sustituido por un 403, el 404 alcanzó a
distinguir todavía en la delantera el 203 que ocultaba ya
a Dauphine. El grupo se dislocaba, ya no existía, Taunus
debía de estar a más de veinte metros adelante, seguido
de Dauphine; al mismo tiempo la tercera fila de la izquierda
se atrasaba porque en vez de DKW del viajante, el 404
alcanzaba a ver la parte trasera de un viejo furgón negro,
quizá un Citroën o un Peugeot. Los autos corrían en tercera, adelantándose o perdiendo terreno según el ritmo de
su fila, y a los lados de la autopista se veían huir los árboles,
algunas casas entre las masas de niebla y el anochecer.
Después fueron las luces rojas que todos encendían siguiendo el ejemplo de los que iban adelante, la noche que
se cerraba bruscamente. De cuando en cuando sonaban
bocinas, las agujas de los velocímetros subían cada vez
más, algunas filas corrían a setenta kilómetros, otras a
sesenta y cinco, algunas a sesenta. El 404 había esperado
todavía que el avance y el retroceso de las filas le permitiera
alcanzar otra vez a Dauphine, pero cada minuto lo iba
convenciendo de que era inútil, que el grupo se había
disuelto irrevocablemente, que ya no volverían a repetirse
los encuentros rutinarios, los mínimos rituales, los consejos de guerra en el auto de Taunus, las caricias de Dauphine
en la paz de la madrugada, las risas de los niños jugando
con sus autos, la imagen de la monja pasando las cuentas
del rosario. Cuando se encendieron las luces de los frenos
del Simca, el 404 redujo la marcha con un absurdo sentimiento de esperanza, y apenas puesto el freno de mano
saltó del auto y corrió hacia adelante. Fuera del Simca y
el Beaulieu (más atrás estaría el Caravelle, pero poco le
importaba) no reconoció ningún auto; a través de cristales
diferentes lo miraban con sorpresa y quizá escándalo otros
rostros que no había visto nunca. Sonaban las bocinas, y el
404 tuvo que volver a su auto; el chico del Simca le hizo
un gesto amistoso, como si comprendiera, y señaló alen-
tadoramente en dirección de París. La columna volvía a
ponerse en marcha, lentamente durante unos minutos y
luego como si la autopista estuviera definitivamente libre.
A la izquierda del 404 corría un Taunus, y por un segundo

al 404 le pareció que el grupo se recomponía, que todo entraba en el orden, que se podría seguir adelante sin destruir nada. Pero era un Taunus verde, y en el volante había una mujer con anteojos ahumados que miraba fijamente hacia adelante. No se podía hacer otra cosa que abandonarse a la marcha, adaptarse mecánicamente a la velocidad de los autos que lo rodeaban, no pensar. En el Volkswagen del soldado debía de estar su chaqueta de cuero. Taunus tenía la novela que él había leído en los primeros días. Un frasco de lavanda casi vacío en el 2HP de las monjas. Y él tenía ahí, tocándolo a veces con la mano derecha, el osito de felpa que Dauphine le había regalado como mascota. Absurdamente se aferró a la idea de que a las nueve y media se distribuirían los alimentos, habría que visitar a los enfermos, examinar la situación con Taunus y el campesino del Ariane; después sería la noche, sería Dauphine subiendo sigilosamente a su auto, las estrellas o las nubes, la vida. Sí, tenía que ser así, no era posible que eso hubiera terminado para siempre. Tal vez el soldado consiguiera una ración de agua, que había escaseado en las últimas horas; de todos modos se podía contar con Porsche, siempre que se le pagara el precio que pedía. Y en la antena de la radio flotaba locamente la bandera con la cruz roja, y se corría a ochenta kilómetros por hora hacia las luces que crecían poco a poco, sin que ya se supiera bien por qué tanto apuro, por qué esa carrera en la noche entre autos desconocidos donde nadie sabía nada de los otros, donde todo el mundo miraba fijamente hacia adelante, exclusivamente hacia adelante.

Índice

Ultimos títulos publicados